De feu et d'or

DU MÊME AUTEUR

Un autre Brooklyn, *Stock, 2018 ; Le Livre de poche, 2019*

Jacqueline Woodson

De feu et d'or

roman

Traduit de l'anglais (États-Unis)
par Sylvie Schneiter

Stock
la cosmopolite

TITRE ORIGINAL :
Red at the Bone

Photographie de la bande : © Nico Daniels

ISBN 978-2-234-08949-5

Aux ancêtres, la longue, très longue file d'entre vous qui se courbent et se tordent

Se courbent et se tordent

« Comment tu vas, frère ? Tu tiens le coup ?
— Tu sais comment ça se passe, mec.
Poulet un jour, os le lendemain. »

Dialogue entre deux vieux

1

Tout de même, cet après-midi-là, il y avait un orchestre. La musique emplissait la maison de grès brun. Des doigts noirs tiraient des archets de violon, grattaient des cordes de violoncelle ; des lèvres foncées enserraient des trompettes ; une fillette brune effleurait une flûte de ses ongles rose clair. Le plus jeune frère de Malcolm, à la peau sombre luisante, soufflait d'un air morne dans un harmonica. Une femme aux larges épaules jouait de la harpe. De l'escalier, j'apercevais par la fenêtre des Blancs curieux qui s'arrêtaient pour écouter. Plus je descendais, plus la musique faiblissait, tandis que les mots se faisaient murmures dans ma tête : « *I knew a girl named Nikki, I guess you could tell she was a sex fiend*[1]. »

1. Chanson de Prince, *Darling Nikki.* (*Toutes les notes sont de la traductrice.*)

Aucun chanteur. La fillette ne connaissait pas les paroles. La femme aux larges épaules, qui les braillait auparavant sous la douche, refusait de s'en souvenir depuis qu'elle avait trouvé le salut. Iris interdisait qu'on les chante. L'adorable frère de Malcolm avait, à sept ans, la bouche occupée. Il n'empêche qu'elles s'imposaient à moi, comme si Prince en personne se tenait tout près. « *I met her in a hotel lobby masturbating with a magazine.* »

Dans la pièce, le rose et le vert de l'association étudiante de ma grand-mère se conjuguaient au noir et à l'or de la fraternité Alpha de mon grand-père – cheveux gris, dos droit, dents d'un or étincelant et « *A-Phi-A*[1] » lancées par des voix de baryton à mon arrivée, auxquels répondirent des « *Skee-wee*[2] » stridents. Un autre rêve pour moi que ces interpellations mutuelles. « Tu vas prêter serment un jour, bien sûr », me répétait à l'envi ma grand-mère. Quand j'étais petite, elle m'avait offert un cadeau qui m'avait étonnée : un sweat à capuche rose clair arborant l'inscription « Ma grand-mère est une AKA » en lettres vert vif.

1. Alpha Phi Alpha : première fraternité créée par des Afro-Américains en 1906 à l'université Cornell d'Ithaca.
2. Cri de ralliement de la sororité Alpha Kappa Alpha ou AKA fondée en 1908 par un collectif d'Afro-Américaines à l'université Howard.

« C'est juste un héritage, Melody. J'ai prêté serment, ton grand-père a prêté serment…

– Pas Iris. »

Un silence. Puis ses lèvres s'étaient collées à mon oreille.

« Parce que ta maman n'est pas un cadeau.

– Ceci est une question sérieuse », avais-je chuchoté, citant le mantra de sa sororité.

Ma grand-mère avait ri et ri.

Regardez-moi en ce dernier jour de mai. Enfin seize ans et l'instant pareil à une main qui me présenterait au monde. Un soleil spectaculaire avait triomphé de la pluie. Ses rayons entraient par les vitraux qu'ils mouchetaient avant de ricocher sur le parquet. La musique de l'orchestre s'échappait par les fenêtres ouvertes et résonnait dans le quartier comme si elle était un élément constitutif de l'air de Brooklyn depuis toujours. Regardez-moi. Cheveux lissés au fer cascadant sur mes épaules. Rouge à lèvres écarlate. Yeux charbonneux. La robe, celle d'Iris, jamais portée, pendue dans son placard jusqu'à ce jour. Au moment venu pour sa cérémonie, j'étais déjà conçue. À presque seize ans, son ventre racontait déjà une histoire impossible à fêter. Les immenses chemises de soirée de mon grand-père servaient de toile de fond à ses joues toujours rondes, au duvet toujours plaqué sur sa nuque. Cinquante ans auraient néanmoins pu nous séparer cet après-midi-là. Debout au pied de l'escalier, Iris m'observait. Moi, je la fuyais du regard. Vers où le tournais-je ? Vers mon père ? Mes grands-parents ? N'importe quoi. N'importe qui. Sauf elle.

Plus tôt dans la journée, elle était entrée dans ma chambre tandis que, tirant des bas sur mes cuisses, j'essayais de les attacher à une guêpière ivoire. Qui lui avait également appartenu – jamais portée, toujours enveloppée de papier de soie dans sa boîte. Le bas diaphane refusait de se laisser accrocher à la jarretelle. J'avais appris à les attacher de ma grand-mère, qui l'avait appris de sa mère, et ainsi de génération en génération –, ma cérémonie étant la seule à sauter la transmission de mère à fille. La guêpière, les jarretelles, les bas de soie avaient l'ancienneté de la maison où mon père et moi habitions avec mes grands-parents. Ce rituel comme marqueur d'appartenance sociale, du passage du temps, de la transition remontait à l'époque des cotillons et n'avait cessé de muter jusqu'à prendre la forme de la guêpière oubliée d'une ancêtre et d'une nouvelle paire de bas de soie d'une fragilité arachnéenne.

« Je crois que tu as gagné cette partie, dit Iris. C'est Prince. »

Je levai les yeux vers elle. La veille au soir, elle avait enroulé des mèches, les fixant avec des épingles. Debout en face de moi, elle détacha ses épais cheveux tirant sur le roux, qui jaillirent en boucles sur ses oreilles. De superbes pommettes saillantes avaient remplacé les joues rondes disparues depuis des lustres. Appuyant la main sur mon visage, je sentis la même structure sous ma peau.

« J'ignorais que c'était une compétition, Iris. »

Autrefois, c'était maman et je me cramponnais à son cou, à ses bras, à son ventre avec des mains de bébé creusées de fossettes. Je m'en souviens. Je n'arrêtais pas de la chercher. Maman, maman, maman.

La robe blanche, jamais portée, était étalée sur le lit près de moi. Sur le mur derrière, un poster sous verre du concert de 1997 de Rage Against The Machine. Mon père et moi y étions allés parce que Wu-Tang Clan passait en première partie. J'avais douze ans. Nous avions tellement hurlé, dansé le rap, applaudi, que nous étions restés à la maison le lendemain pour soigner notre mal de gorge avec du thé au citron et au miel. L'encadrement du poster était professionnel : les lettres rouges se détachaient sur le gris du papier mat ; le cadre noir disproportionné captait les couleurs sourdes de la photo en noir et blanc. Un autre était accroché à côté. Si on me demandait de choisir entre mon père et ma mère, je ne clignerais pas des yeux. Ne bégaierais pas. Je sauterais dans les bras de mon papa comme une petite fille.

« Il me semble que c'est toujours une compétition ces temps-ci. Je suis devenue ton ennemie à un moment donné. » Elle porta la main à sa gorge, l'y laissa, effleurant sa clavicule comme pour vérifier qu'elle était intacte. Un bracelet en or glissa de son poignet. De minuscules diamants accrochèrent la lumière. Je déglutis, saisie à la fois d'envie et d'adoration pour les multiples façons dont le qualificatif *ravissant* s'appliquait à ma mère. C'était étrange à quel point nous nous ressemblions peu.

J'avais renoncé à ma tentative d'attacher mes bas aux grotesques jarretelles et je me bornais à l'observer, coudes sur les cuisses, mains dans le vide.

« Je ne comprends pas. C'est ma cérémonie et tu fais une fixation sur la musique. Tu as fichu la tienne en l'air, tu te rappelles…

– Non, c'est le bébé dans mon ventre qui l'a fichue en l'air. Tu te rappelles ?

– N'essaie même pas, Iris. »

L'espace d'un instant, comme si souvent auparavant, les mots me manquèrent. Je les regardais tomber… non… *se dissiper*… dans l'air entre nous. Un mot omniprésent, à une lettre près (*dissipée*), dans mes tests de préparation au SAT[1], et voilà qu'il se posait dans cette pièce. Entre ma mère et moi. « N'essaie même pas. Je n'ai pas demandé à naître. Je n'ai pas dit… je ne vous ai pas demandé de faire ce que vous faisiez mon père et toi. Vous auriez pu attendre. »

Iris haussa un sourcil : « Je suis sûre que tu n'as pas l'intention d'avoir une conversation sur la chasteté avec moi.

– Vous auriez pu, tout de même. Rien ne vous obligeait.

– À avoir des rapports sexuels, tu veux dire ? Cela t'écorche les lèvres de le prononcer ? *Sexe*, Melody. Un mot en quatre lettres.

– Bien sûr que non. En l'occurrence, c'est inutile.

1. Examen de fin d'enseignement secondaire.

– Si nous avions… attendu, pour reprendre ta formule, où serais-tu ?

– Putain, tu regrettes que j'existe !

– Pas de gros mots. Je ne regrette pas que tu existes. Je n'imagine pas un monde sans toi.

– C'est quoi alors ? »

S'approchant du lit, Iris s'assit de l'autre côté de la robe, qu'elle effleura d'une main nostalgique. Les poignets étaient garnis de fleurs blanches faites au crochet. Une alternance de pans de soie et de satin composait la traîne. La couturière y travaillait depuis des mois lorsque ma grand-mère avait découvert la grossesse d'Iris. La robe était presque terminée et payée quand c'était devenu visible.

« Je ne sais pas, répondit-elle, s'adressant plus à la robe qu'à moi. C'est Prince. Mes parents. Ton père. Moi. Toi qui as déjà seize ans. Où sont passées toutes ces années ? C'est fou. »

Une pointe de tristesse tremblait dans sa voix. Je refusai de l'entendre. De m'y appesantir. Pas maintenant. Pas aujourd'hui, ma journée.

« Ce n'est que Prince, bordel de merde ! Ce n'est pas comme si je te demandais de faire mon entrée avec NWA ou Lil'Bow Wow…

– Arrête de jurer. Ça ne te va pas. Quant à NWA, Lil'Bow Wow… je ne sais même pas de quoi tu parles. »

Sans lever les yeux sur moi, Iris continua de laisser courir sa main sur la robe. Nous avions des doigts identiques, longs et fuselés. Des doigts de pianiste. Mais elle était la seule à jouer.

« Je dis juste qu'il s'agit de Prince. C'est ma cérémonie et il est génial, alors pourquoi est-ce qu'on est toujours en train d'en parler ? Tu as déjà mis ton veto aux paroles. Laisse-moi au moins avoir la musique. Papa s'en fiche. Merde, lui aussi il aime Prince ! »

Nous restâmes silencieuses, trop longtemps. Ma poitrine était comme lacérée par un rasoir – rage, tristesse ou peur ? je n'en avais aucune idée. Peut-être Iris le sentit-elle car elle s'approcha de moi, posa la main sur ma nuque et enfouit ses lèvres dans mes cheveux. Je voulais davantage – une étreinte, un mot tendre murmuré au creux de mon oreille. Je voulais qu'elle m'assure que j'étais jolie, que la musique choisie n'avait aucune importance, qu'elle m'aimait. Je voulais qu'elle se moque avec moi du ridicule des jarretelles et des bas.

Au lieu de quoi, elle se leva, se dirigea vers la fenêtre et ouvrit le rideau. Sans quitter la rue du regard, elle libéra le reste de ses boucles. La grisaille régnait dehors, il pleuvinait. En bas, l'orchestre était arrivé. J'entendis les archets sur les cordes des violons. Ainsi que mon grand-père jouer Monk au piano ; j'imaginai ses doigts noirs, ses phalanges noueuses.

« Malcolm, tu l'aimes bien ? »

Elle se retourna. Le front plissé, les yeux – des yeux que je suppliais Dieu de me donner dans mes prières d'enfant : *S'il te plaît, mon Dieu, fais que je me réveille avec les beaux yeux d'ambre de maman* – striés de rouge à présent. *S'il te plaît, mon Dieu, fais que mes yeux ne deviennent jamais comme les siens maintenant.*

« Malcolm ? Bien sûr. Oui. Il est toujours aussi adorable. » Elle me fixa en esquissant un demi-sourire.

« Quoi ?

– Quel est le sens exact de ta question, Melody ?

– Il te plaît... pour moi ? Tu trouves qu'il est bien... enfin, je ne sais pas. »

Je l'observai. Qui interroger à part elle qui avait tout vécu ? Des prémices jusqu'au bébé. Du premier baiser aux mains sur un corps, aux rapports sexuels. Comment as-tu ne serait-ce que commencé ? Persévéré ? N'était-elle pas censée me donner les réponses maintenant ? Tout m'expliquer ?

« Vous vous connaissez depuis l'époque où vous portiez des couches et il a toujours été… n'est-ce pas ?

– Il a toujours été quoi ?

– Rien. Peu importe. » Elle leva les mains, en signe de capitulation. « Il a l'air… reprit-elle en souriant. Tu ne sembles pas… son genre.

– Comme si tu savais quoi que ce soit sur lui. Ou sur moi.

– Je viens de te dire que je le connais depuis qu'il porte des couches.

– Oui, Iris. Cela fait une éternité qu'on n'en porte plus. »

Nous nous tûmes. Sans doute y avait-il des filles dans le monde qui connaissaient leur mère de fond en comble, de la jeune fille à la vieille femme. Ce n'était pas mon cas. Même quand j'étais toute petite, je me souviens qu'elle n'était qu'à moitié présente.

« Je ne leur ai rien dit pour toi, tu sais, ajouta-t-elle, comme si elle regardait enfin dans ma tête. Y voyait quelque chose. C'est grâce à ça que tu es là. C'étaient des catholiques très pratiquants à l'époque, mais tu aurais été poussière.

– Tu parles de qui ?

– "De qui parles-tu", Melody, inversion du sujet. »

Je commençais à transpirer sous la guêpière.

« De tes grands-parents. Tes grands-parents bien-aimés.

– Tu ne le savais pas. Tu m'as dit que tu ne le savais pas.

– Jamais de la vie, je t'ai dit que je ne savais pas quoi faire. »

Soudain, elle s'interrompit et me dévisagea. Avec sévérité. « Tes règles sont régulières ?

– Quoi… oui ! Qu'est-ce qui te prend, Iris ? »

Elle laissa échapper un soupir. Secoua la tête. « Bien, si elles cessent de l'être, si tu n'es pas devenue une super-athlète ou quelque chose de ce genre du jour au lendemain… tu es sans doute enceinte. Je t'en parle au cas où personne d'autre ne le ferait… »

Je me bouchai les oreilles.

« C'est bon. Je n'ai aucune envie d'entendre ça. Pas aujourd'hui. Surtout de ta part. Merci.

– Personne ne m'avait prévenue. Voilà pourquoi j'aborde le sujet. On peut en parler. Lorsque j'étais enceinte de quatre mois, j'ignorais que la maternité était l'aboutissement de la grossesse.

– C'était évident.

– Bien sûr. Je le sais maintenant.

– Comment tu pouvais ne pas être au courant ? Tu sais quoi... laisse tomber. Je ne te comprends pas. »

L'orchestre s'échauffait avec *Jeannine, I Dream of Lilac Time*. J'entendais les paroles que chantaient mon grand-père et le petit frère de Malcolm. Une voix aiguë, l'autre sourde. Une voix jeune et hésitante, l'autre cassée, claire, grave. Je fermai les yeux une minute. C'était une vieille chanson, plus vieille que tous ceux qui se trouvaient dans la maison. Lorsque le trompettiste exécuta un solo qui s'éleva à la place des voix, il me sembla que mes côtes s'entrechoquaient. Il exprimait tant de choses. Juste. Tant. De choses. J'avais envie de confier à Iris : « On dirait que la musique tente de s'échapper dans l'éternité d'un être. » Je lui lançai un regard : elle se rongeait l'ongle d'un pouce, son sourcil gauche tressaillait, signe de tension.

« Je l'ai dit à Aubrey, reprit-elle, ôtant le doigt de sa bouche pour l'examiner. Ensuite, nous avons fait comme si de rien n'était pendant quelques mois. Nous étions deux gamins qui s'imaginaient que cela disparaîtrait si on l'ignorait. Je t'ai cachée, jusqu'à ce que ça ne soit plus possible, en portant les chemises de ton grand-père à qui je racontais que c'était la mode.

– Tu voulais faire une fausse couche ?

– J'étais une enfant, Melody. Plus jeune que toi maintenant ! Je voulais que tu naisses. Je voulais te serrer dans mes bras. Je n'en revenais pas que ce soit vrai : qu'on pouvait faire l'amour avec un homme et que ça fabriquait un être humain. »

J'essayais de me la représenter dans les vêtements de mon grand-père. Elle était tellement féminine, élégante, parfaite. Tout le contraire de moi. M'imaginer dans les vêtements de grand-papa, c'était possible. Pas Iris.

« Je te voulais. Je voulais que tu grandisses dans mon corps. Je te voulais dans mes bras, sur mon épaule… »

Elle s'interrompit.

« Et puis tu n'en as plus eu envie, c'est ça ? »

Elle fit un signe de dénégation. Un certain temps s'écoula avant qu'elle ne reprenne :

« Non, ce n'était simplement plus pareil. Tu l'apprendras. Enfin, je l'espère. L'amour ne cesse de se métamorphoser. Encore et encore. L'amour d'aujourd'hui, c'est mon envie de te voir dans cette robe. J'ai envie de me voir en toi parce que l'époque de cette robe pour moi est révolue depuis longtemps. Mes seize ans se sont enfuis. Puis mes dix-sept ans, mes dix-huit... toute ma jeunesse. »

Je tirai la robe vers moi – dentelle sur soie et satin, mi-longue, col Mao. Un tailleur l'avait cintrée à la taille, élargie aux hanches. Il avait relevé l'ourlet afin de vérifier s'il restait du tissu pour la rallonger. Tout juste, aussi avait-il utilisé une bande de satin sur le bord franc pour y parvenir. Ma grand-mère était très fière de son travail. Lorsque, debout devant eux, j'avais tournoyé pour la première fois dans son atelier, le tailleur avait approuvé d'un hochement de tête, tandis que ma grand-mère se tamponnait les yeux.

Iris se retourna vers la fenêtre. De nouveau silencieuse.

Je fixai son dos. Je compris peut-être à cet instant que je faisais partie d'une longue lignée d'histoires presque gommées. Une enfant du déni. De la pensée magique. D'une période où

Iris et mon père se désiraient… de cette manière. Que le fruit de la faim dévorante qu'ils avaient l'un de l'autre, c'était moi. Moi qui, toute petite, l'aimais tellement que je fondais en larmes chaque fois que mon père l'enlaçait. Qui disais « Elle est à moi » et pleurait plus fort quand ils riaient. Une longue succession de bagarres et de hurlements aboutissant à nous ici et maintenant. Seize ans à nous rejeter. Elle avait gagné. Pas moi. À présent, il y avait ceci : de dos, à moitié coiffée, en jupon et soutien-gorge sous sa robe de satin, une femme qu'on prenait trop souvent pour ma sœur. Voici qu'elle était là, sachant sans que cela affleure à sa conscience que c'était le lieu, le moment de me retenir par cette révélation : il lui aurait été facile de rester une fille de quinze ans. Les êtres que j'aimais presque autant que mon père auraient pu me considérer comme une option. Trois mots prononcés à temps, « Je suis enceinte », auraient mis un terme à mon commencement. Un terme à tant de commencements.

Elle avait un dos étroit et droit, des épaules carrées sous le satin délicat de sa robe. Quatorze mois la séparaient de ses trente-trois ans. L'âge du Christ lorsqu'il était cloué sur une croix, se vidant de son sang. En classe, on nous avait demandé de discuter de l'image – littérale ou métaphorique. Vérité ou fiction. « Ne discute pas de Dieu », dit Whitman. Nous étions en troisième et, forts de nos convictions toutes neuves et du pouvoir de nos voix, nous avions débattu. Désormais, je savais qu'il y avait de multiples façons d'être crucifié – la transformation de l'amour de sa mère en un sentiment incompréhensible. La projection fantasmée d'une robe dans les rêves d'une autre génération. Une histoire de feu, de cendres, de perte. Un héritage.

Ce soir-là, tandis que la musique s'intensifiait, je descendis l'escalier à pas lents et entrai dans la pièce bondée. Cherchant Iris, je la trouvai à côté de mon père. Il était en noir, elle en bleu nuit. Une main sur son ventre, plat désormais, celui qui aurait pu me rejeter. L'orchestre entama *Darling Nikki*, je respirai lentement pour retenir mes larmes. Je ne m'y attendais pas... à cette sensation de fin de chapitre. Mon adolescence était terminée.

Amen. La fin. Amen.

Les flashs crépitèrent quand Malcolm me prit par la main et m'emmena au milieu du cercle où, l'air grave et fier, trônaient mes grands-parents.

C'était leur heure de gloire. Une autre histoire presque gommée, couronnée de succès.

Cette maison plus que séculaire aux vitraux et aux fenêtres à carreaux sertis de plomb. Avec ses générations qui applaudissaient, s'écriaient : « Dansez, vous tous », « *Ashé*[1] », « Les ancêtres sont ici, ah oui ! ». Chaque objet, chaque membre de mon entourage et moi-même, nous étions leur rêve qui se réalisait. Ce moment serait-il une phrase, j'en serais le point.

Cette maison et ces gens, ne cessais-je de penser. *Cette maison et ces gens. De toute façon, qui sont-ils, putain ? Je ne connais pas Iris.* Franchement, qui parmi eux est-ce que je connaissais ? Vraiment ? Viscéralement ? Peau, sang, os, moelle ?

Malcolm passa les bras autour de ma taille, me murmura à l'oreille : « Nous sommes tellement noirs et tellement beaux que ça les déprime. »

Regardez bien. J'ai enfin seize ans en ce printemps 2001. Combien de centaines d'ancêtres vécurent un moment pareil. Avant que le récit de leur vie ne change de nouveau pour toujours, il y eut Bach, Ellington, Monk et Ma Rainey, Hooker et Holiday. Avant la disparition du

1. Au Niger, chez les Yorubas, l'*ashé* est l'énergie présente dans tout ce qui existe.

monde qu'elles connaissaient, ces femmes étaient sorties pour la première fois en talons hauts, les oreilles constellées de brûlures de fer à défriser, portant des jarretelles et du rouge à lèvres.

Malcolm me prend la main et nous amorçons un lent *cake-walk* rythmé par une trompette jouant Armstrong. Malcolm sourit et me fait un clin d'œil, nous lançons nos jambes en l'air puis vers l'arrière. Le reste de l'assemblée nous rejoint sur la piste – nos pieds d'adolescents à l'unisson, nos mains brandies. Regardez la beauté de notre couleur noire. Pendant que nous dansons, je ne suis ni Melody, qui a seize ans, ni la fille autrefois illégitime de mes parents. Je suis un récit, une histoire presque oubliée. Dont on se souvient.

2

Sa fille descendait l'escalier. L'orchestre payé par ses beaux-parents jouait tandis qu'elle posait un pied sur une marche puis sur l'autre, comme si le monde s'était arrêté de tourner pour elle, comme si elle était la seule à fouler la terre à cet instant. Elle était extrêmement belle… cette jeune fille, non, jeune femme. Sa graine, ce cri dans la nuit, cette enfant du regret. « Iris, je ne voulais pas. Merde. Je suis tellement, tellement désolé. » Depuis quand ressemblait-elle à ce point à Iris, les pommettes, les yeux en amande, le sourire avec tant de… Que cachait-il, leur sourire ? Un secret sur vous, gardé depuis une éternité. Toutes les deux le connaissaient, savaient ce dont il était capable, comme si elles le voyaient, le goûtaient, le sentaient sur lui. Un sourire qu'Aubrey avait si souvent vu au cours des quatorze, non quinze, seize dernières années. Où s'étaient-elles enfuies ? Et pourtant.

Et pourtant, cet instant existait, Melody s'approchait d'eux et cette reprise à la con de Prince emplissait la maison.

Faute de savoir que faire de ses mains, Aubrey s'adossa au mur. Iris avait porté les siennes à sa bouche. Que devait faire de ses mains le père de l'enfant ? Ses grandes mains ouvertes. Où les mettre alors qu'elles ne songeaient qu'à se tendre vers l'enfant, l'étreindre, la cacher au monde ? Il avait dix-sept ans lorsque ces mains avaient appris à enlever les couches malodorantes du corps minuscule, à masser le postérieur irrité avec de l'onguent A&D, à porter son bébé jusqu'à l'arrêt des picotements. Jusqu'à l'arrêt des pleurs. À la tenir – sur son épaule en lui soutenant la tête de sa grosse main, puis contre son torse, sur ses genoux, dans ses bras, sur son dos, sur ses épaules –, enfin, poser sa main sur l'épaule de sa fille qui se détachait trop vite de lui… Qui descendait les marches à présent. L'enfant qu'il avait créée, élevée, aimée. Dont il aimait chaque division de cellule. L'épaisseur de ses cheveux, le creux vulnérable du cou, les lunules des ongles. « Elles montrent le nombre de petits copains que tu vas avoir. Attention, vous autres ! » Ses larmes quand elles s'étaient estompées. « Ça veut dire que personne ne va m'aimer, papa ? »

Sa petite fille descendait l'escalier, voilà qu'il pleurait en silence, sans se cacher, alors que personne ne lui avait montré que faire de ses mains. Comme il les enfonçait dans ses poches, Iris le foudroya du regard. Il les sortit, s'essuya précipitamment les yeux. Les joindre dans le dos ? Les poser contre le mur ? Lever les mains, entrelacer les doigts au-dessus de sa tête ? Croiser les bras ? Quelle était l'attitude convenable ? Bon sang, pourquoi ne le savait-il jamais ?

Il y avait toujours cet écho en lui, cette quête insatiable d'un souvenir enfoui, presque joyeux. Très joyeux, en réalité. Avant Melody. Avant Iris. Remontant à son enfance. Dans ce souvenir à moitié oublié, il suit sa mère. Corpus Christi. Houston. Nouvelle-Orléans. Mobile. Tallahassee. Ils marchent le long du littoral, toujours près des vagues. C'était presque un souvenir de la sensation procurée par l'eau. De ses effluves. De la tiédeur de l'écume sur ses pieds nus. Il avait cru très longtemps que c'était vraiment ça, l'océan. Il se le représentait illimité. Quand il s'accroupissait pour chercher des crabes dans le sable, il s'imaginait qu'il pourrait creuser une galerie jusqu'à un autre pays, émerger sur l'autre rive et y trouver des garçons de son âge. Rêves idiots. Rêves d'une douceur puérile. En short coupé et tee-shirt loqueteux, il était un garçon qui suivait sa mère presque blanche. Voilà tout. Les nuits où il se réveillait seul dans l'un des minuscules appartements qu'ils avaient dénichés – au-dessus de salons de beauté, à l'arrière de quincailleries, au bout de longs couloirs obscurs, imprégnés de relents d'urine –, il devinait qu'elle était partie retrouver « un ami » dont l'odeur serait sur elle à son retour, lorsqu'elle sortirait des billets froissés de sa poche avant de se faire couler un bain tellement chaud que la vapeur rendait le sol de la salle de bains glissant. Qui étaient ces amis ? Pourquoi ne les rencontrait-il jamais ? Il n'était qu'un sombre idiot.

Le jour où il avait enfin trouvé le courage de demander – quel âge avait-il ? neuf, dix ans, cela remontait à tellement loin… – si son père avait été un « ami », elle avait eu un sourire extatique de sorte qu'il aurait voulu ne pas avoir posé la question. La tailler en pièces. Faire comme si elle ne planait pas depuis entre eux.

« Non, Aubrey. Ton père, c'était un amour libre et pur. »

L'idée l'enchantait. Deux êtres s'étaient aimés et l'avaient créé.

L'histoire, il la connaissait désormais. Maintenant qu'il était un homme. Maintenant qu'il avait un enfant. Son père était un musicien, un bel homme à la peau très noire, avait précisé sa mère un après-midi. Où vivaient-ils alors ? Dans une autre station balnéaire, mais où ? Il se rappelait qu'il pleuvait, une pluie tiède toutefois. Le short trempé, il était torse nu. Peut-être avait-il nagé juste avant que sa mère ne lance : « Il est temps que nous parlions de l'homme qui t'a fait. On n'en reparlera plus jamais après, compris ? »

Peut-être la vigueur avec laquelle il avait acquiescé lui avait-elle fait mal à la tête. Cette histoire le taraudait depuis tant et tant d'années. Un jour qu'il était très petit, il avait tendu le bras vers un homme en train de fumer sur la promenade. Grand, le teint clair, il plissait ses yeux rivés sur la mer. La beauté de sa main libre avait stupéfié Aubrey – ses doigts fuselés qui tenaient le garde-fou de métal les séparant de l'eau et du sable. Sa mère était partie. Peut-être pour aller aux toilettes. Ou leur acheter un hot-dog à partager, bourré d'ingrédients – un supplément de tout. Salade de chou et oignons qui s'échappaient du pain. Sachets de ketchup qu'il dégusterait plus tard, aspirant le contenu jusqu'à les aplatir. Quelle qu'en soit la raison, Aubrey était seul avec l'homme, tellement proche qu'il distinguait le semis de taches de son sur ses pommettes. Aubrey s'était avancé, adossé au parapet. Il avait lancé un coup d'œil à l'homme, tout en approchant lentement ses doigts, de plus en plus près, sentant enfin la douceur de la peau sur les phalanges. Peut-être sa mère était-elle apparue à ce moment-là. Il se souvient qu'elle l'avait appelé, avait présenté ses excuses à l'homme, lui avait attrapé la main. Presque tout le reste de la scène s'est effacé de sa mémoire. Peu de temps après, cependant – à en croire les fluctuations du récit de sa mère, ponctué par le crissement des ongles qu'il rongeait jusqu'au sang –, Aubrey avait rencontré son père.

« Il était venu à Santa Cruz avec un orchestre de jazz dont il était le trompettiste. Je crois que toute l'université était amoureuse de lui. »

En tant qu'homme, l'histoire lui paraissait terriblement banale, mais petit garçon…

Un petit garçon tellement avide de ce qu'elle comblait en lui.

« J'étais en dernière année de licence, à un mois du diplôme. Il y avait quelque chose dans sa bouche autour de cette trompette et dans son regard sur moi. La façon dont il me voyait. »

Il se rappelait qu'elle contemplait la mer. Ils étaient assis sur le sable humide, sa tête sur le bras de sa mère. Une pluie chaude tombait. Des lueurs dans sa mémoire semblables à des éclairs. Lueur. Obscurité. Lueur. Obscurité.

« Je l'ai pourtant perdu de vue un certain temps. Après la semaine que nous avions passée ensemble, il devait se rendre sur la côte Est, moi je me suis engagée dans la révolution. »

Il se rappelait la douceur du rire de sa mère. Ce jour-là, il masquait une telle tristesse que, cessant de se ronger les ongles, il l'avait dévisagée avec perplexité.

« Par la suite, on s'est retrouvés à Berkeley. J'avais décidé qu'il me fallait un diplôme d'études supérieures et il était toujours en tournée avec sa trompette. Alors on s'est remis ensemble, tu comprends. »

Il avait fait signe que oui même si ce n'était pas le cas.

« Sauf qu'il était plus souvent défoncé que clean. N'ayant jamais été du genre à me droguer ou à boire, j'étais un peu exclue. »

Elle s'était tue, l'avait pris dans ses bras, serré contre elle.

« Il se shootait à l'héroïne. L'héroïne faisait de ton papa le roi de toutes les fêtes où nous allions. »

Pendant des années, Aubrey se rappellerait cette phrase, la voix de mère insistant sur le mot *hair-on*[1], tandis qu'il imaginait l'homme qui était son père se coiffant d'une perruque pour faire rire les gens.

Le père d'Aubrey était mort avant les premiers pas de son fils.

« Il avait un appartement quelque part à Philadelphie. Je n'arrêtais pas de téléphoner, personne ne répondait. Au bout de quelques mois, j'ai fait des recherches, décidée à trouver ce que je pouvais sur lui. J'ai découvert une courte notice nécrologique sur une microfiche. Il était

1. L'accent de sa mère offre une similarité de sons entre *perruque* (*hair-on*) et *héroïne*.

mort depuis presque un an. Overdose. Point final. J'ai eu l'impression qu'un générique de fin défilait sur un écran. Qu'un lourd rideau tombait sur moi. »

Ils étaient restés longtemps sous la pluie, des vaguelettes clapotaient et, de temps à autre, sa mère poussait un profond soupir.

Le teint très hâlé et les yeux gris foncé de sa mère intriguaient les gens dont le regard passait d'elle à Aubrey. Elle avait toujours eu les cheveux courts, mais cette année-là elle les avait laissés pousser en grosses boucles où le gris rivalisait avec le blond. La mère et le fils ne se ressemblaient en rien. Quand il approchait son bras de celui de sa mère et lui demandait pourquoi, elle répondait en riant : « Les ancêtres noirs ont cassé la figure des ancêtres blancs à qui ils ont ordonné : "Laissez passer ce bébé." »

Si elle avait choisi Santa Cruz, assurait-elle, c'était parce qu'elle se fondait dans le décor quand elle se déplaçait dans le campus. Personne ne lui demandait si elle était à moitié noire, personne ne l'accusait de prétendre être blanche. « Cela me convenait parfaitement. »

Avec Melody, les ancêtres avaient effectué une autre danse, revêtu sa fille d'une peinture marron foncé avant de s'inspirer des traits d'Iris. Ça le dépassait, malgré les multiples tentatives d'Iris pour lui expliquer la génétique. Il ne comprenait pas pourquoi tout ne fusionnait pas en un nouvel être, au lieu de passer par ce tri et ce choix. Ce genre d'intelligence lui faisait défaut. Il le savait.

À présent, les amis de Melody et de Malcolm les rejoignaient sur la piste, d'autres bébés devenus adolescentes aux tresses tombant au creux de leurs reins, aux visages parfaitement modelés, dont les mains aux longs ongles vernis s'entrelaçaient à celles, soignées, de jeunes gens. Il secoua les épaules, se rendit compte que les siennes étaient moites. La plupart des adultes tapaient du pied, certains se déplaçaient pour danser avec les jeunes. Il aperçut Malcolm qui effleurait les fesses de Melody et quelque chose se brisa en lui. Une peur inédite, comparable à une crampe douloureuse, lui contracta l'estomac. Baisaient-ils déjà ? Pas Melody. Non. Elle lui en aurait parlé. Elle lui aurait lancé des signaux, glissé quelques bribes d'information. Sûrement. Sa fille lui parlerait avant de faire quoi ce soit.

N'est-ce pas ?

Il donnerait sa vie pour que Melody puisse rester aussi jeune, pour la voir vivre sa vie d'adolescente – d'un bout à l'autre. Il mourait d'envie de l'attirer à lui. De lui dire : « Tiens bon, Melody. Ne te disperse pas. » De lui redire ce qu'il lui avait répété tant et tant de fois : « On t'aime, ma chérie, on t'aime. »

Iris s'était rapprochée. Il distinguait son odeur : cigarette, huile de patchouli, beurre de cacao. La même qu'à son retour d'université des années auparavant. Elle était rentrée différente, moins proche de lui et de Melody, qui, à sept ans, appelait sa grand-mère « grand-maman » et Iris – quand elle avait fini par lui adresser de nouveau la parole – « Iris ». Elle l'avait quitté et était revenue, tellement distante qu'il se demandait si elle l'avait vraiment aimé. Mais avant qu'il ait assez d'assurance pour lui poser la question, elle était repartie. Comme toujours. Elle repartait toujours. N'empêche.

N'empêche.

Personne n'en parlait. Ses potes ne l'avaient pas fait… de ce qu'on ressent la première fois qu'on est à l'intérieur d'une fille. De la peau qui s'étire et vous tient en otage, à la lisière de la douleur.

Il tendit la main vers celle d'Iris, se mordillant les lèvres tant il était malheureux qu'elle ne lui prenne pas la sienne. Au bout d'un moment, elle entrelaça ses doigts aux siens, posa la tête sur son épaule. Peut-être que c'était bien. Peut-être était-ce ce qu'il devait être désormais. Le père de Melody. L'ami d'Iris.

Les traiteurs sortaient les plats de la cuisine et les apportaient dans le jardin. Jattes de riz rouge et de fèves, poulets cuits au barbecue, énorme salade de pommes de terre dans un plat bleu vif, mini légumes, boulettes de bœuf et de poulet, pyramides de carrés de pain de maïs. Jusqu'à un poisson entier recouvert de poivrons et d'oignons.

La nourriture de son enfance consistait en fromage gouvernemental[1] et en pain de mie Taystee, agrémentés de temps à autre de bœuf bouilli à la consistance caoutchouteuse. La cuisine n'intéressait pas beaucoup sa mère. Les bons soirs – ceux des jours de paie ou de l'arrivée de la déclaration d'impôts –, ils s'attablaient,

1. Fromage fondu fourni aux bénéficiaires de l'aide sociale.

enlevaient le papier alu du plateau-repas, discutaient calmement entre deux bouchées de steak haché et de purée de pommes de terre brûlée.

Ils avaient toujours parlé doucement. Parce qu'ils avaient constamment peur. Brooklyn était un nouveau monde qu'ils avaient du mal à comprendre. Les garçons italiens agressifs qui percutaient leur chariot de courses sur Wyckoff Avenue quand ils se rendaient au supermarché A&P. La ligne M du métro aérien au-dessus de leur tête lorsqu'ils se précipitaient au bureau d'encaissement au coin de Gates et de Myrtle. Les femmes corpulentes qui les observaient, les coudes calés sur des oreillers miteux posés sur le rebord des fenêtres, parcourant lentement du regard la rue, de haut en bas. « Plus fouineur qu'elles, tu meurs », commentait souvent sa mère. Il se gardait de lui révéler les questions qu'elles lui posaient sur son père. Est-ce qu'il en avait un ? Où était-il ? Et même une fois : « Vu comme t'es noir, t'es sûr que t'es le fils de ta maman ? » Il ne leur racontait pas sa naissance dans les paumes d'une sage-femme, aussi seul qu'un souffle de vie, ni sa sensation de devenir poussière dans cette nouvelle ville.

Autrefois, des années plus tôt, c'était un garçon en tee-shirt jaunissant et caleçon flottant.

Trop maigre, avec des genoux cagneux sur ses jambes terreuses, des chevilles et des pommettes proéminentes. Lorsque le passé lui revient en mémoire, il se souvient de la faim, une béance insupportable dans le ventre. De la porte du réfrigérateur qu'il ouvrait et refermait. Encore et encore. De l'espoir que grâce à une aide du gouvernement ou à la capacité de sa mère à emprunter dix dollars à un voisin (« Va demander à Thelma, dis-lui que je la rembourserai dès que j'aurai mon chèque vendredi »), il découvrirait un paquet de mortadelle à frire ou de fines tranches de fromage fondu, ou un pot de mayonnaise et deux ou trois morceaux de pain, même s'il n'en pouvait plus des sandwichs à la mayonnaise. Parfois, à son réveil, le samedi matin, il trouvait du Spam frit à côté d'œufs brouillés et d'un morceau de pain italien tout frais de la boulangerie de Ridgewood où, certains soirs, il se faufilait avec ses copains, tendant le bras sous la grille à moitié fermée pour faucher des miches chaudes en train de refroidir sur la plaque. Il se demandait pourquoi on laissait la grille à moitié ouverte. La science présidait-elle au refroidissement ? Ou s'agissait-il d'un geste bienveillant de la part des boulangers italiens – un cadeau aux garçons de couleur affamés qui se rendaient furtivement à Ridgewood en pleine nuit.

Il rêvait de Twinkies, de Charleston Chews, de cacahuètes à peau rouge, ou bouillies, aux coques ramollies évoquant un Sud dont il se souvenait vaguement. Et sa liste continuait avec des hot-dogs ouverts en deux et bien grillés, des pancakes cuits dans de la margarine salée, arrosés de sirop d'érable – il en avait l'eau à la bouche.

Avant d'être un homme qui se rasait, et riait, la tête renversée en arrière, il était un gamin affamé qui trempait ses doigts dans des boîtes de saucisses de Vienne et léchait le jus coulant sur son poignet. Le rebord de l'évier où il s'adossait lui rentrait dans la colonne vertébrale ; le revêtement en lino se décollait sous l'égouttoir en plastique. Des cafards noyés flottaient bien trop souvent dans l'eau stagnante. Une fois, en revanche, un cardinal rouge s'était posé sur l'appui de la fenêtre de la cuisine et il l'avait suivi des yeux longtemps après qu'il s'était envolé, s'efforçant de graver sa beauté en lui.

« Je crois que nous sommes tous censés danser maintenant, l'informa Iris. Mes parents sont debout.

– Ça fait partie du règlement ? C'est ainsi que les choses doivent se passer ?

– Arrête. » Elle enleva la tête de son épaule.

« Arrête quoi ? Je pose une simple question.

– Non, tu es passif-agressif. » Dégageant sa main de la sienne, elle croisa les bras et détourna les yeux.

Voilà qu'il était de nouveau perdu.

3

Au cours de sa première année à l'université d'Oberlin, Iris découvrit la solitude et le tabagisme. Elle vivait dans une chambre de Heritage House, la seule résidence noire du campus. Le soir, lorsque, penchée sur son bureau, elle dévorait *Ne suis-je pas une femme* ? de Bell Hooks, elle entendait les étudiants qui s'attardaient dans la pièce commune. Il y avait toujours un fond sonore musical à leur flirt et à leurs rires – le rappeur LL Cool J et le groupe hip-hop A Tribe Called Quest passaient en boucle, les beats résonnaient, montaient jusqu'à sa chambre. On était en 1991 et, presque tous les jours, alors qu'elle traversait le campus, Iris trouvait que le temps passait bien trop vite. Elle avait le sentiment d'avoir tant de choses à rattraper. Dans l'avenir où elle se projetait, elle était seule.

Sur son bureau, il n'y avait qu'une petite photo d'eux trois assis sur le perron de la maison de ses parents ; Melody était sur les genoux d'Aubrey, tandis qu'elle, elle détournait la tête, le regard perdu au loin – comme déjà en train de les quitter. Déjà partie pour ainsi dire.

Il lui semblait qu'elles remontaient à une éternité, ces nuits où Aubrey et elle dansaient à Knickerbocker Park, tandis que les DJ faisaient marcher deux platines et que tous hurlaient « *The roof, the roof, the roof is on fire. We don't need no water, let the motherfucker burn* ». Son poing battant l'air, elle buvait son litre de bière caché dans un sac en papier kraft et se déhanchait, les fesses collées à Aubrey.

Des mois avant la naissance de Melody, ses parents avaient acheté la maison de Park Slope – un quartier qui lui était aussi étranger que Mars, avec ses parcs déserts et ses rues où elle pouvait marcher longtemps sans voir le moindre Noir. Ils avaient fait les cartons et déménagé avec une telle rapidité qu'elle avait à peine eu le temps de glisser des bouts de papier portant leur nouvelle adresse et leur nouveau numéro de téléphone, dans les boîtes aux lettres de ses amis. Park Slope était situé à deux lignes de bus de son ancien quartier. Le matin de leur départ, Aubrey avait pleuré toutes les larmes de son corps. Au bout de quelques mois, cependant, il habitait chez eux : sa mère était en soins palliatifs.

Elle s'imaginait qu'elle se ferait des amis à Oberlin et que cela compenserait ceux qu'elle avait perdus de vue depuis la naissance de Melody. Elle s'était replongée dans ses livres, mue par un seul objectif : être admise dans une université à mille lieues de ceux qui avaient besoin d'elle. Sauf que, à Oberlin, les filles semblaient nettement plus jeunes qu'elle. Certaines se vantaient de leur virginité et de leur intention de la conserver jusqu'au mariage. Bien trop souvent, elle avait eu envie de leur demander : « Et si les rapports sexuels maritaux sont décevants ? Dans ce cas, tu es baisée d'une autre façon. » Les résidents de Heritage House lui rappelaient néanmoins son foyer. Jusqu'aux étudiantes africaines. La mélodie de leur accent qui dominait le bruit. Leur rire, le fumet des plats qu'elles rapportaient à la pause et réchauffaient au micro-ondes – ackée et morue salée, ragoût d'arachides, légumes verts à l'ail et gombos –, le tout mêlé à leur nouvelle odeur d'adultes, imprégnaient la résidence universitaire. Les filles des Caraïbes au teint sombre et parfait, aux cheveux naturellement épais lui faisaient penser à ses camarades de l'Institut catholique. Celles qui avaient deviné sa grossesse avant qu'elle ne s'en aperçoive. « Il y a un bébé dans ton ventre, tu sais ça, avaient-elles murmuré en l'entourant. On le voit à tes nichons, ils ont grossi, et à ton cul, gonflé comme un ballon sous ta jupe. » Comment avaient-elles su ? Elles étaient toutes aussi jeunes qu'elle, mais plus sages, plus âgées d'une manière où les années n'entraient pas en ligne de compte. Une semaine plus tard, rentrant à la maison, Iris avait trouvé sa mère en larmes, un paquet de serviettes hygiéniques à la main, assise sur le siège des WC de la salle de bains de l'étage, *sa* salle de bains. Elle avait alors appuyé les mains sur son ventre presque plat et compris. Il lui était déjà arrivé de ne pas avoir ses règles – un phénomène encore récent, plutôt capricieux. Mais là, ce n'était pas pareil. Son corps réagissait bizarrement. Ses mamelons frémissaient même quand Aubrey ne les touchait pas. Sans oublier la bile aigre qui remontait dans sa bouche le matin, l'obligeait à se précipiter aux toilettes et la laissait trop nauséeuse pour avaler quoi que ce soit.

« Ce n'est pas possible, se lamentait sa mère, la tête dans une main, le paquet de serviettes dans l'autre. Ô Dieu tout-puissant, notre Père, au nom de Ton fils et de la très sainte Mère, dis-moi que je rêve. Dis-moi que ce n'est pas un piège que nous tend Satan. Non. Pas ma petite fille. Pas mon adorable petite fille.

– Si j'attends un bébé, avait dit Iris calmement, sans cesser de toucher son ventre, je le garde. »

Bon sang, pourquoi avoir été aussi catégorique ? Elle ne rêvait pas d'être mère. Lorsqu'elle envisageait son avenir, elle imaginait l'université et un super boulot lui permettant de bien s'habiller, de boire du vin délicieux au restaurant après le bureau. Il y avait toujours des bougies dans son avenir – des tables, des baignoires, des chambres éclairées aux chandelles. Elle n'y voyait pas Aubrey. Aubrey, sa fossette, sa mère presque blanche et le minuscule appartement sombre où il avait grandi. Où ils mangeaient de la margarine étalée sur du pain blanc, nappée de gelée de raisin. La première fois qu'Aubrey lui avait proposé de la margarine, elle avait ri. « Ce n'est pas du véritable beurre, tu sais ça ? » Il avait haussé les épaules. « Moi, je trouve ça bon. » Elle n'imaginait pas un avenir avec un homme qui ne connaissait que la margarine.

Sur le moment, pourtant, face aux pleurs de sa mère, elle avait croisé les bras sur son ventre et revendiqué ce qui y grandissait. Iris s'était tout représenté : un bébé se développant en elle, venant au monde en parfait état et superbe. Un enfant que ses parents ne pourraient contrôler. Qui lui appartiendrait. Si seulement il pouvait avoir la peau marron foncé d'Aubrey et, peut-être, ses yeux à elle, ses yeux d'ambre. Où qu'elle l'emmène, on s'arrêterait et s'exclamerait : « Mon Dieu, comme il est beau, ce bébé ! » Voilà ce que cela signifierait pour elle, de la beauté en permanence autour d'elle. Une beauté à la régularité d'un beat de jazz. Une beauté qui ne serait qu'à elle. Si elle n'aimait pas assez Aubrey pour passer le restant de ses jours avec lui, elle l'aimait assez pour porter une parcelle de lui, la nourrir, l'aimer, l'accompagner dans son devenir. Quand Aubrey pleurait au lit, la suppliait de ne jamais l'abandonner, elle n'arrivait pas à le lui promettre. En revanche, elle parvenait à le serrer dans ses bras, à lui caresser la nuque, à répéter : « C'est sympa, non ? On est bien tous les deux, non ? » Et maintenant à lui dire : « Regarde ce qu'on a fait. »

Tomber enceinte lui avait semblé impossible. Aubrey mettait presque toujours un préservatif. Sinon il se retirait à temps. Elle lui disait parfois que ce n'était pas la peine. Elle était jeune, elle avait rarement ses règles, alors ce qui permettait de faire des bébés en bas n'était même pas complètement formé. Elle croyait que tout n'était pas encore en place.

« Tu es sûre ? chuchotait Aubrey.
– Évidemment. Tu me prends pour une imbécile ? »

Assise sur la lunette des WC, sa mère ressassait : « Nous, on n'est pas ça. Nous, on n'est pas des déchets jetables. » Elle implorait Dieu : « S'il te plaît, Père céleste, dis-moi que ce n'est pas ce que Tu as prévu pour nous. »

À présent que l'hiver amorçait sa descente pleine de grisaille sur l'Ohio, Iris fixait la petite pile de courrier – une lettre de chez elle, le magazine *Essence*, des offres de carte de crédit à faible taux d'intérêt – et songeait une fois de plus au temps écoulé depuis la conversation avec sa mère. La tragicomédie du souvenir cesserait-elle un jour de se jouer dans sa mémoire ? Sa mère qui jetait le paquet de serviettes hygiéniques, se ruait sur elle, la tapait, lui tirait les cheveux en hurlant. Iris, les bras croisés sur son ventre, murée dans un silence massif, se laissant tomber sur le carrelage frais de la salle de bains. Les prières et les coups de poing de sa mère pleuvant sur elle.

Ni l'une ni l'autre ne savaient alors qu'Iris était presque enceinte de quatre mois, déjà anémiée et amaigrie, ni que des tranches de pain de mie tartinées de margarine seraient ce dont elle aurait le plus envie pendant les cinq mois à venir.

« Tu as quinze ans, se lamentait sa mère, en larmes maintenant. Il y a tellement, Iris, tellement plus…

– N'en fais pas un drame, maman. Ce n'est qu'un bébé. »

À l'époque, Iris ne voyait pas plus loin que ça : grossesse, naissance, bébé. Elle ne pensait pas à la honte qui obligerait sa mère à quitter Bushwick. Ni que le bébé deviendrait une enfant qui, un jour, aurait son âge – serait même plus âgée qu'elle.

Iris appuya les enveloppes froides et le magazine sur ses lèvres. *J'avais quinze ans*, soufflat-elle. *Quinze ans. Je n'étais même pas encore une personne.*

4

Même un mec, ça pleure. Il n'y a rien à faire. L'esprit se sauve dans tous les sens. De l'arrivée bénie d'une nouvelle vie, une pensée qui serre la gorge, à l'enfance de sa fille confisquée sous son nez. J'aurais bien aimé garder Iris petite plus longtemps. Sauf qu'avec toi sur mes genoux, impossible d'imaginer une autre vie. Chaque instant vécu par les générations précédentes menait à toi, ici, sur les genoux de ton grand-papa, la tête contre son torse. Déjà quatre ans. Des cheveux qui sentent l'huile de coco. Une autre odeur en dessous. Transpiration de petite fille – presque âcre, mais à peine ai-je pensé ça qu'elle vire, devient acidulée en quelque sorte. Me donne envie de rester toujours ici, à respirer ton cuir chevelu. Quand tes bras sont-ils devenus aussi longs ? Tes pieds aussi grands ? La grenouillère imprimée de rennes me rappelle celle que portait ta maman. Elle s'endormait sur mes genoux exactement comme ça. Dans l'autre maison. Ô le temps, le temps, le temps. *Where'd you go, where'd you go* ?

Ce soir, j'ai mal aux jambes. Ailleurs aussi : quelque part dans mon dos, il y a une douleur sourde, persistante. J'essaie de ne pas y penser. Les anciens disaient : « L'âge est un état d'esprit. » Moi, je suis plus près de la cinquantaine que de la quarantaine. Mais je me sens plus vieux que ça presque tous les jours. Comme si le monde cherchait à me tirer vers le bas. Comme si Dieu avait décidé de me dire : « J'ai changé d'avis à ton sujet, Po'Boy. » De temps en temps, un bain avec des sels d'Epsom fait du bien. Le thé au gingembre m'aide à garder la bonne cuisine de Sabe dans le ventre. Te tenir comme ça à la fin de la journée, eh bien, c'est… je ne vais pas mentir et prétendre que ce n'est pas ce qui m'est arrivé de mieux dans la vie – parce que ça l'est.

Ma parole, tu rigoles dans ton sommeil. De quoi tu rêves ? Qu'est-ce qui te fait rire comme ça ?

Raconte à ton grand-papa ce qui trotte dans ta jolie tête brune, ma petite Melody. Ton prénom, on dirait un morceau de musique. Comme si ta naissance avait été une raison pour le monde de chanter. Tu sais à quel point ton vieux grand-papa aime que tu lui chantes des chansons idiotes. Sabe jure qu'elle va mettre des boules Quies si elle doit entendre un autre couplet d'*Elmo's World* ou de la chanson sur la bonne manière d'entretenir un jardin. Moi, je peux écouter ta voix éternellement. Je n'en ai jamais assez.

Un jour viendra où tu entendras Erroll Garner jouer au piano *Fly Me to the Moon* et où tu ne sauras plus quoi faire de ta jolie bouche, ma petite chérie. Seigneur. Seigneur. Seigneur. Tu as tant de choses à vivre. Je me rappelle la première fois que j'ai entendu Etta James annoncer au monde entier qu'elle préférerait devenir aveugle plutôt que d'être quittée par son homme. Sa voix… sa voix, Melody. Peut-être que ça ressemble à ce dont tu rêves en ce moment. J'aimerais pouvoir chanter cette chanson, mais cela te réveillerait et te ferait pleurer. Ah. J'ai toujours eu envie de savoir chanter. Laisser courir mes doigts sur les touches d'un piano comme Sir Garner – un génie. Quand il effleurait ces touches et jouait *Jeannine, I Dream of Lilac Time…* oh là là, quelle merveille ! Aïe. Rien qu'à l'écouter, on prend feu. Rien qu'à l'écouter. Rien qu'à l'écouter.

Tu n'es pas sur terre depuis assez longtemps pour comprendre, mais ce sera le cas un jour. Crois ton grand-papa.

La nuit est belle. Je crois que l'hiver s'efforce de nous quitter. Il ne neige plus, mais il fait apparemment toujours froid dehors. C'est le même genre de nuit que celle de la naissance de notre fils Benjamin – glaciale, claire, calme. On habitait toujours Chicago avec la famille de Sabe. Ça remonte à loin, pas assez pourtant pour que j'aie oublié le froid de Chicago ; il pénétrait jusqu'à la moelle, je le jure. À cause des rafales de vent sur le lac ? Quoi ?! Ce n'est pas Chicago que je regrette, c'est l'époque. Je regrette ceux que nous étions alors, ta grand-maman et moi. Sabe avec son ventre, nous deux, heureux uniquement d'être près l'un de l'autre. La façon dont un feu s'embrasait dès que nos bras se touchaient. Dont elle me regardait comme si on avait tout le temps devant nous et qu'on pouvait le passer à se sourire. Comme je regrette cette époque révolue !

Mais si on y était restés, tu ne serais pas endormie sur mes genoux, serrant bien fort le livre *Arc-en-Ciel, le plus beau poisson des océans* ; tu n'aurais pas dit que tu ne savais pas, quand tu étais réveillée et que je te le lisais, que ce poisson donnait toutes ces belles écailles. Cela me rappelle ta maman. Comme si elle était encore à nous. Comme si elle était toujours ma petite fille. Ce qu'elle n'est plus. Comme si elle allait grandir et que je la conduirais à l'autel pour la donner à un autre. En fait, elle ne m'appartenait pas. Oh non ! absolument pas. N'empêche que j'ai eu la sensation d'être écaillé vif le jour où Sabe m'a annoncé ton arrivée. Comme si on avait planté un couteau dans mon corps et qu'on l'avait écorché. J'imagine que c'est pour ça qu'on pleure, parce qu'on sait qu'il y a tant de choses qu'on ne contrôle pas dans ce vaste monde. J'imagine que plus vite on l'apprend, moins aura le cœur brisé dans la vie. Ô Seigneur ! Certains soirs, je ne sais pas où les vieilles douleurs s'arrêtent et où commencent les nouvelles. À mesure qu'on vieillit, on dirait qu'elles n'en forment qu'une, de plus en plus enracinée et forte.

Le soir où, rentrant du boulot, j'ai trouvé Sabe au lit, recroquevillée, un oreiller entre ses bras, j'ai compris. Ça n'a jamais été le genre de ta grand-maman de se recoucher une fois debout. Elle se lève. Elle fait le lit. Elle commence sa journée. Voilà qui elle est. Même après qu'on a perdu Benjamin, elle se levait tous les matins. Se déplaçait plus lentement parce que son dos était un peu plus voûté, n'empêche, elle se levait.

J'ai demandé : « Tu es malade, trésor ? »

L'esprit te fait bouger d'un endroit à l'autre dans les lieux du passé. Planté dans notre chambre obscure uniquement éclairée par la lumière du couloir, je me suis dit que je m'étais peut-être trompé. Ce n'était peut-être pas ce que j'avais deviné, mais quelque chose de plus effrayant. De plus affreux. Ta grand-maman cramponnée à cet oreiller comme à une bouée de sauvetage, ça m'a remué.

Mais je savais. Personne – même moi – ne comprenait ce qui nous unissait, Iris et moi. Il me suffisait de regarder ta maman pour savoir qu'elle était allée avec Aubrey, de toucher son épaule pour sentir la souffrance, la peur ou la rage qu'elle éprouvait. Sabe ne connaissait pas Iris de la même façon que moi. N'empêche.

Melody, j'espère que tu n'auras jamais à entendre ta fille hurler et pleurer pour garder son bébé. Que tu ne te tiendras jamais dans la maison où tu pensais vieillir, conscient que la vie que tu as construite avec ta femme et ton enfant est terminée. Que tu n'auras jamais à remettre en question les actions d'un Dieu en qui tu crois depuis toujours. Sabe et moi, on ignorait ce qu'on devait faire avec ce nouveau fardeau. Puis tu es apparue. Cette bosse ronde qui indiquait une poussée de croissance chez Iris. Tous les trois ou quatre mois, quand elle était petite, son ventre faisait la même chose que le tien. Il était gonflé comme celui de quelqu'un qui a trop mangé. L'instant d'après, il était redevenu plat et elle avait pris trois ou quatre centimètres de plus. Cette fois-là, ce n'était pas une poussée de croissance. C'était toi déjà à l'intérieur d'elle. Et voilà, tu as de nouveau fait pleurer ton grand-papa. Un vieil homme qui a la larme à l'œil comme la première fois où je suis entré dans la chambre d'hôpital et où tes yeux mi-clos m'ont effleuré.

« Je veux l'appeler Melody », a dit ta maman. Le prénom de grand-maman qui a failli mourir à Tulsa.

Au bout d'un moment, ta maman nous a regardés bien en face, Sabe et moi, avant d'ajouter : « Mais qui n'est pas morte. »

Puis elle a répété ton nom. Melody. Ta grand-maman et moi, on s'est alors tenus par la main pour remercier en silence le même Dieu qu'on avait été sur le point de maudire juste quelques mois plus tôt.

5

Debout devant le local du syndicat étudiant, Iris ouvrait une lettre envoyée par ses parents – soixante-quinze dollars et une photo de Melody – lorsque le jour où sa grossesse avait été découverte lui revint soudain en mémoire. Les sanglots de son père, la fureur de sa mère, les religieuses, les voisins et, en fin de compte, leur église…

Plus elle était séparée de sa famille, plus celle-ci l'obsédait. Chaque semaine une nouvelle lettre, chaque mois une autre photo du bébé qui, sorti de son corps, se transformait en enfant, grandissait. Là, elle riait. Là, elle affichait un sourire contraint. Cheveux nattés. Lâchés et bouclés au sommet de sa tête. Relevés en une queue-de-cheval de tresses ornées de perles. Iris ne se lassait pas de la contempler. Elle avait envie d'heures de solitude pour observer les changements chez sa fille : tiens, un nouveau trou dans sa bouche. Sur la photo du mois précédent, une dent de devant pendouillait sur sa lèvre inférieure ; Iris en avait ri tout haut et eu envie de l'extirper de la photo. Combien de conversations avec sa fille ratait-elle ? Et de disputes provoquées par l'obstination de Melody à garder cette dent de lait un jour, une semaine, un mois de plus. Pourquoi Aubrey ne s'était-il pas faufilé dans sa chambre au milieu de la nuit pour l'arracher comme l'avait fait son père – Iris s'était réveillée avec ce trou dans la bouche et un billet tout neuf sous son oreiller. À présent, la dent avait disparu. Melody avait-elle reçu un dollar ? Iris examina la brèche – le demi-cercle rose de gencive à côté d'une minuscule dent de devant qui pendouillait comme sur le point de se détacher. Iris frissonna. Laissa courir sa langue sur ses dents régulières. Elle n'était pas là pour l'anniversaire de l'enfant, mais elle lui avait téléphoné et n'avait eu droit qu'à quelques mots de Melody : « C'est mon anniversaire et c'est la fête. Salut ! Papa m'a offert une bicyclette. Encore salut ! » Quand Iris lui avait rappelé que c'était un cadeau de ses deux parents, Melody avait lancé : « C'est papa qui l'a monté. C'est lui qui va m'apprendre à en faire. » Papa, papa, papa, il n'y en avait que pour lui dans ces coups de fil ou pour les émissions de télé qu'elle avait regardées. Quand Iris lui demandait ce qu'elle lisait, Melody riait : « Tout. Je lis tout. »

Les yeux rivés sur la photo de sa fille, Iris se rappela le nombre de fois où sa mère lui affirmait qu'elle n'avait aucun instinct maternel et se demandait s'il se réveillerait sur le tard. Iris s'interrogeait : à vingt ou trente ans ? Dans ce cas, souhaiterait-elle d'autres enfants ? Certainement pas avec Aubrey. Avec qui alors ? Sûrement pas avec un mec d'Oberlin. Peut-être ferait-elle un deuxième cycle dans une autre fac pour y rencontrer quelqu'un ?

« C'est ta sœur ? »

Ira sursauta, la photo tomba par terre.

Une inconnue se tenait près d'elle. La fille ramassa la photo, enleva la neige qui la saupoudrait et la lui tendit.

« Elle est mignonne. Elle te ressemble.

– Oui, c'est vrai. »

Melody, un ballon orange dans les bras, souriait à l'appareil, les cheveux coiffés en tresses impeccables, les yeux noirs, le regard clair. On avait laqué d'un vernis rose pâle les ongles de ses mains manucurées. Des émeraudes, sa pierre de naissance, perçaient ses oreilles.

« Iris, c'est ça ? reprit la fille. Littérature américaine. Tu as eu un débat sur Carver avec ce Blanc. Tu as été la meilleure. »

Iris ne se souvenait pas de cette fille dans sa classe, même s'il était facile d'y repérer les étudiants noirs étant donné leur petit nombre. Elle se souvenait de son désaccord avec un type sur l'intelligence supérieure de Carver. Le rythme saccadé de ses phrases l'agaçait. Elle avait le sentiment qu'elle aurait pu les écrire en cinquième. En revanche, tous les Blancs de sa classe paraissaient les adorer.

Comment n'avait-elle pas remarqué cette fille ?

« En effet, acquiesça Iris. Márquez m'intéresse davantage. Au moins, le mec emploie un ou deux adjectifs. »

La fille sourit. Elle portait des petites lunettes rondes à monture argentée, sa tête était couverte d'une capuche vert foncé.

Iris remit l'argent dans l'enveloppe. Glissa la photo de Melody dans sa poche. Elle voulait continuer à regarder sa fille – longuement et attentivement. Suivre les transformations au fil des mois. Voir quelles parties d'elle subsistaient, maintenaient leur lien.

« Jamison, se présenta la fille, tendant une main dont le pouce et le majeur étaient ornés de bagues en argent.

– Iris. »

Ne sachant quoi faire après la poignée de main, Iris continua de tripoter l'enveloppe, les yeux tournés vers le campus. Jamison ôta sa capuche et, à la vue de ses cheveux, de longues boucles tirées en arrière, Iris se souvint d'elle.

« Ah, d'accord, c'est toi.

– Eh oui. »

Jamison sortit du tabac Drum de sa poche et en éparpilla dans une feuille de papier. Elle roula sa cigarette d'une main experte, la porta à ses lèvres, colla le papier d'un coup de langue. Elle sourit quand elle s'aperçut qu'Iris l'observait. Celle-ci était troublée par sa coiffure et sa façon de rouler la cigarette.

L'idée du prénom de Melody venait d'elle. « Chaque fois qu'on l'appellera, on aurait l'impression d'entendre une chanson, avait-elle expliqué à Aubrey.

– C'est vrai », avait opiné Aubrey. Et il l'avait embrassée. Encore et encore.

« Comme le whisky, enchaîna Jamison.

– Quoi ?

– Mon nom ressemble à celui du whisky. Ici, on me surnomme Jam – confiture – la plupart du temps.

– Je peux en essayer une ? » Iris désigna du menton sa cigarette.

« Bien sûr. »

C'était le début de l'après-midi, déjà le deuxième jour du long week-end de Thanksgiving. La neige tombait. Non pas celle effrayante de l'Ohio qu'elle avait connue lors de sa première année ici. Celle-ci était plus discrète, plus hésitante. Dès le début, l'Ohio l'avait secouée.

Voilà qu'il remettait ça. En ce moment précis.

Jam lui tendit la cigarette, se pencha pour qu'elle l'allume au bout de la sienne. Son odeur assaillit Iris. Un effluve profondément familier se mêlait à ceux du froid et de la terre.

« Tu viens de New York, c'est ça ?

– Oui. De Brooklyn. » Iris tira une petite bouffée de sa cigarette. La fumée, chaude, avait un goût suave.

Élancée, étroite d'épaules, Jam portait une veste verte et un col roulé à rayures. On aurait dit qu'elle avait fait exprès de déchirer son pantalon pour lui donner cet aspect. Elle avait un teint parfait, café au lait – sans le moindre bouton, point noir, grain de beauté. Iris s'était mise à scruter la peau des gens. Après qu'elle avait accouché de Melody, une plaque de boutons avait fait éruption sur son front et continué d'apparaître et de disparaître pendant des années. Elle avait beau les presser, mettre des masques, avoir recours à des bains de vapeur, impossible de s'en débarrasser. Elle prit une nouvelle bouffée de sa cigarette et, cette fois, laissa la fumée descendre dans ses poumons avant d'exhaler. La peau de cette fille… elle avait envie de la toucher. Découvrir si elle était aussi douce qu'elle le paraissait.

« J'y ai passé toute ma vie. Jusqu'à maintenant, ajouta-t-elle.

– Nouvelle-Orléans, lâcha Jam. Première géné. Toi ?

– Première quoi ?

– Tu es la première de ta tribu à aller à la fac ? »

Iris fit signe que non. C'était une histoire de classe sociale, elle le comprenait désormais. La question concernait son identité. D'où elle venait, que faisaient ses parents, qui ils étaient.

« Non. » Elle avait appris à répondre simplement.

Aubrey n'aurait pas été le premier non plus. Avant son départ pour Oberlin, elle restait couchée le matin alors qu'il se levait à six heures. Il changeait les couches de Melody et la lui amenait avant de se doucher, de se raser, de s'habiller pour aller travailler. Le lycée lui suffisait amplement, lui avait-il dit. « Un diplôme et un boulot, c'est tout ce dont j'ai besoin. D'autant que c'est un Regent Diploma[1], je suis verni. » Il tirait une grande fierté de l'écusson doré associé à son diplôme – le symbole de sa réussite aux examens des cinq matières principales. S'il s'était présenté au SAT, Iris avait la certitude qu'il aurait obtenu les notes lui donnant accès à l'établissement universitaire de son choix. Mais il s'était arrêté là. Et cela lui allait. Certains matins, il sifflotait. Iris ne comprenait ni son

1. Diplôme de fin d'études secondaires délivré par l'État de New York.

bonheur, ni qu'il soit comblé de la sorte. Une fois Melody mise au sein, elle s'assoupissait, le nez pressé sur la tête de sa fille. Pour elle, l'avenir ne se limitait pas à cette vie à trois entassés dans une pièce. Il était plus vaste que leur cohabitation dans la maison de ses parents. Surtout, elle n'imaginait pas qu'Aubrey serait son terminus. Une éternité avec lui ne figurait pas dans ses projets, peu importe qu'elle l'ait dépucelé. Des lettres d'acceptation étaient arrivées, Barnard d'abord, puis Vassar et enfin Oberlin : l'occasion pour elle de s'extirper de l'ornière. La porte de sortie.

« Elle te manque ?
– Qui ça ?
– Ta petite sœur. La gosse de la photo.
– Oui.
– Tu en as d'autres ?
– Non. Juste elle. Rien que Melody.
– C'est un joli prénom. »

Iris sourit. Silencieuses, grelottantes, les deux filles inhalèrent et exhalèrent la fumée, la regardèrent s'élever puis se dissiper au-dessus d'elles.

6

La première fois qu'Aubrey avait emmené Iris chez lui, ils avaient quinze ans. Iris avait natté ses cheveux à l'africaine et enduit de brillantine le duvet de bébé qui rebiquait sur son front et formait des accroche-cœurs sur ses joues.

« Ce n'est pas du duvet de bébé si on n'est pas un bébé, avait objecté Aubrey, la regardant œuvrer avec une brosse à dents pêchée dans son sac et la brillantine Murray's Nu Nile pour obtenir l'effet désiré.

– La ferme. » Elle l'avait repoussé en riant. « C'est toi qui n'es pas un bébé. Tu n'en es plus un, grâce à moi. »

L'été 1984. Un exemplaire du livre d'Orwell sortait de la poche du jean d'Iris. Ils avaient été abasourdis par ce qu'avait imaginé l'auteur pour cette année-là et qui n'avait rien à voir avec ce qu'ils vivaient. Cela avait intensifié l'amour qu'Aubrey éprouvait pour Iris – l'idée d'un monde où il ne serait plus capable de l'aimer le paniquait. Sans compter qu'Orwell avait oublié le plus important – qu'étaient devenus Kool and the Gang, Tina Turner et la chanson *Ghostbusters* ? Et les ventes record de l'album *Thriller* de Michael Jackson ? Quelle qu'elle soit, l'année 1984 ne correspondait manifestement pas à celle qu'Orwell avait imaginée.

Iris vivait encore à Bushwick. Ils avaient passé la matinée à l'étage de sa maison vide, dans sa chambre où le couvre-lit était assorti aux rideaux, et la blancheur des murs tellement éblouissante qu'on les aurait crus peints la veille. Allongés sur son lit, ils s'étaient embrassés, pressés l'un contre l'autre, jusqu'à ce que les lèvres d'Aubrey se mettent à brûler et que son corps explose de désir. Ils étaient proches depuis quatre mois : Iris traînait pas loin tandis qu'il jouait au basket avec ses potes ; ils avaient d'interminables discussions sur un banc du Knickerbocker Park ; Aubrey glissait sa main chaude sous le chemisier d'Iris, la laissait sur le dos de la jeune fille qui enroulait ses jambes autour des siennes. Ses sentiments pour elle n'avaient rien à voir avec ce qu'il avait éprouvé – à dix, onze, douze ans – pour d'autres filles. C'était plus profond, plus ancien en quelque sorte, tel un souvenir d'une époque lointaine, où ils se retrouvaient à présent. Iris occupait sans cesse ses pensées – en cours de maths, à l'entraînement de basket, lors des dîners devant la télé avec sa mère – et voilà qu'elle lui souriait, se penchait pour l'embrasser, le taquinait sur son tir en suspension, ses baskets Pro-Keds vieillottes, sa nouvelle coupe de cheveux, la fossette qui se creusait sous son œil droit.

« Je t'aime, murmura-t-il à l'oreille d'Iris. Je t'aime tant. » Ils étaient étendus sur le lit de la jeune fille. Peut-être que l'amour correspondait à ce qu'il ressentait – une douleur permanente, un désir inextinguible. Il s'attendait à ce qu'elle lui dise qu'elle l'aimait aussi, mais elle glissa la main dans son pantalon, puis dans son caleçon, et s'empara de son pénis. Il se mordit la lèvre inférieure, ferma les yeux, à l'affût de ce qui allait arriver. Non sans terreur. Il s'était fait ça uniquement tout seul. Avec sa main enduite de vaseline dans la salle de bains où il laissait couler l'eau au cas où les filles qui défilaient dans sa tête, qu'il n'avait vues qu'habillées et qu'il imaginait nues, l'auraient fait crier. Il avait beau avoir imaginé Iris nue, elle restait floue même s'il fermait bien les yeux et se masturbait frénétiquement. Comme si son imagination se brouillait dès qu'il tentait de se la représenter. Couché près d'Iris dont la main bougeait lentement, tandis qu'il lui caressait le ventre et glissait les doigts sous son soutien-gorge, il s'émerveilla qu'elle soit si extraordinaire sous ses vêtements. Si parfaite. Quand il ouvrit les yeux, Iris souriait, de son sourire de biche qui lui flanquait une peur bleue et décuplait son amour pour elle. Iris fit tomber son pantalon et son caleçon sur ses genoux et, faute de savoir comment réagir, il referma les yeux. Pria en silence pour qu'elle s'arrête. Espéra qu'elle s'en garderait bien. « Je t'aime », répéta-t-il de crainte de pleurer s'il disait autre chose. Il n'avait pas envie de pleurer. Il avait envie de rire. Non, de pleurer.

« Ouvre les yeux et enlève mon chemisier », intima-t-elle.

Il s'exécuta, lentement. Cela faisait partie des scènes d'amour des films qu'il avait vus, le type qui déshabillait la fille sans la quitter des yeux. Il voulait que cela s'éternise. Il voulait que tout soit lent, irréprochable, juste.

« Tu perds du temps, mon père va rentrer et il te trouvera à moitié nu dans ma chambre. » Repoussant la main d'Aubrey, elle se hâta de déboutonner son chemisier. Il ne savait plus quoi faire. « Déshabille-toi, Aubrey. Tu te comportes comme si tu n'en avais pas envie. »

Il sauta du lit, trébucha, s'appuya à la commode pour ôter son pantalon et son tee-shirt. Il faisait chaud dans la pièce malgré le ventilateur de fenêtre. Hormis son bourdonnement, le silence régnait dans la maison. Lorsqu'il la rejoignit, il s'entendit haleter, embrasé par le désir et l'appréhension. L'instant d'après, il était nu sur elle, hors d'elle puis, par une étrange grâce de Dieu, en elle. Voilà à quelle rapidité il perdit sa virginité. Voilà à quelle rapidité il dut mettre des mots sur… ce qu'il avait ressenti. De la douleur. Cela avait fait mal. Pourquoi ? Puis la douleur avait disparu. Remplacée par le plaisir. Un plaisir inouï. Absolument, absolument inouï.

Sauf qu'Iris ne pleurait pas.

Sur le terrain de basket, les gars racontaient que les filles avaient mal la première fois. Qu'il fallait transpercer un mur de peau. « C'est comme une porte de nacre. Après, t'es au paradis ! » Il avait rigolé, les avait congratulés, alors qu'ils mentaient sur leur première fois. Un des frères ne cessait de parler de cette fille qui voulait qu'il s'arrête, à qui il avait dit qu'elle devrait se balader dans le quartier en ayant perdu la moitié de sa virginité si elle ne le laissait pas terminer. De quoi elle aurait l'air… En réalité, ils se trompaient. Il n'y avait aucun mur de peau, juste Iris qui se collait à lui qui se plaquait sur elle et ressentait quelque chose qu'il n'aurait jamais cru possible sur terre. Et l'explosion de son corps d'abord à l'intérieur de lui, puis d'Iris. Il s'était déchargé en Iris, dont le corps l'avait absorbé. C'était ça, l'amour. Sûrement.

Après s'être rhabillés en vitesse, ils étaient restés allongés. Aubrey brûlait d'envie de demander à Iris s'il y avait eu un autre mec avant. Mais il n'y parvenait pas. Il voulait savoir si son pénis était assez gros, s'il avait été assez lent, s'il s'en était bien sorti. Elle lui souriait, de ce sourire signifiant « j'en sais long sur toi », alors il avait détourné le regard, survolant les rideaux assortis et le ventilateur pour le plonger dehors, dans cette fin d'après-midi. Il lui semblait avoir perdu quelque chose. Qu'on lui avait pris quelque chose de plus que sa virginité qu'il ne récupérerait jamais. Il se sentit minable de penser cela. Iris s'était donnée à lui, pourquoi cette impression ? Pourquoi cette impression que l'univers n'avait pas tenu sa promesse ? Merde.

Une heure plus tard, elle se recoiffait devant le rétroviseur d'une Oldsmobile cabossée, abandonnée dans sa rue. Cette voiture le gênait depuis des jours, mais il changea d'avis en voyant sa nana se pomponner pour plaire à sa maman. Comme si une puissance divine l'avait posée là, sans pneus, avec un pare-brise éclaté, pour ce moment précis. Si le sentiment de perte ne menaçait plus de se muer en larmes, il était cependant toujours là, bien lourd. Il se sentait moite et poisseux. L'odeur de leurs deux corps réunis lui collait à la peau. Les mecs n'en avaient pas parlé – de l'odeur, ni de ce qu'on ressentait après coup. Après coup, il avait serré Iris tellement fort dans ses bras que si elle n'avait pas protesté « Je n'arrive même plus à respirer », il ne l'aurait pas lâchée, tant il aurait aimé l'absorber en lui. Penchée vers le rétroviseur latéral, à quelques centimètres de lui, Iris lui semblait déjà beaucoup trop distante.

Sa mère était assise dans le séjour noyé d'obscurité, stores tirés, ventilateur soufflant de l'air chaud dans la pièce. En robe de chambre, deux bigoudis sur le front, elle avait natté le reste de ses cheveux. Avant Iris, le seul véritable amour d'Aubrey était sa maman. C'était le cas de bien des frères. Surtout ceux du terrain de basket.

Les mères étaient inattaquables. Un écart par rapport aux mères déclenchait une bagarre.

« Ta maman est tellement…

– Eh, mec, ne parle pas de ma mère, sauf si tu veux que je te défonce. »

Aubrey se distinguait d'eux. Il éprouvait pour sa mère un amour si profond qu'on aurait cru que c'était celui d'un vieil homme, un être qui avait aimé et été aimé pendant des décennies. Il aimait tout d'elle : son odeur qui, aussi étrange que cela paraisse, était toujours celle de l'eau saumâtre de son enfance, sa façon de danser seule les jours où la station de radio de sa jeunesse diffusait des tubes des Chi-Lites. *Oh, I see her face everywhere I go, on the street and even at the picture show*. Jusqu'à son prénom – CathyMarie – deux prénoms accolés, comme si ses parents avaient considéré que rien n'était plus normal que d'avoir une majuscule au milieu de son nom. CathyMarie Daniels. Quand il était petit, il aurait aimé qu'on l'appelle AubreyBrown uniquement à cause du B majuscule. Il n'avait pas de deuxième prénom. Il avait toujours été Aubrey Daniels. Sa mère refusait de le laisser ajouter Brown. « Aubrey, c'est bien. C'est parfait. Tu ne voudrais pas qu'on pense que Brown est ton nom de famille. » Il avait renoncé.

Il avait espéré que de la musique s'échapperait de l'appartement lorsqu'il y entrerait avec Iris et surprendre sa mère en train de danser, perdue dans ses souvenirs, balançant des hanches, claquant silencieusement des doigts. Mais la pénombre indiquait autre chose. Quelque chose qui se manifestait par intermittence depuis des mois. La télé allumée plus souvent. Sa station de radio silencieuse la plupart du temps. Les bigoudis en fin d'après-midi, un relent permanent sous l'odeur de Lysol.

Aubrey s'immobilisa au milieu du séjour : « M'man ? »

Aucune réponse.

Oprah Winfrey occupait l'écran de la télévision. Aubrey ignorait de quelle crise il s'agissait, sauf qu'une Blanche en larmes était assise en face d'elle. Oprah semblait aussi sur le point de pleurer. Sa mère sanglotait.

Avant Santa Cruz et Berkeley. Avant le jazzman – l'homme qui ressemblait le plus à un père pour Aubrey. Avant d'être sa mère, c'était une fille d'Oakland grandissant dans le système. Pendant longtemps, Aubrey n'avait pas compris ce que c'était mais il savait – vu la façon dont le regard de sa mère s'assombrissait dès qu'elle l'évoquait – qu'il n'aurait jamais envie d'en faire partie : « Si tu déconnes, le système finira par t'avoir. » Plus tard, il avait compris que ça avait un rapport avec les brutes au teint blafard qui le harcelaient dans la cour de récréation. Avec les filles à l'air triste qui arpentaient les couloirs, leurs cahiers serrés sur le buste. Avec la femme blanche sur la plage qui – il avait à sept ans – avait demandé à sa mère pourquoi il n'était pas à l'école un jour de semaine. Avec l'épicier qui, après lui avoir jeté un regard en coin, avait demandé à sa mère si d'autres enfants étaient placés chez elle.

Le système avait malgré tout financé un établissement d'études supérieures. Et même le peu de temps passé à l'université. Le système participait au règlement du loyer, envoyait tous les mois une enveloppe remplie de coupons alimentaires aux couleurs vives. Le système payait le thérapeute à qui sa mère parlait quand le système lui-même revenait hanter ses rêves. Mais elle ne lui précisait jamais de quelle façon il la hantait : « Ce n'est pas la peine que tu le saches, je ne veux pas te transmettre ça. »

Les jours où elle n'allait pas à son travail à temps partiel au centre de courrier situé quelque part à Manhattan, il la trouvait dans le même état – dans l'appartement obscur, la télé allumée. « Efface, efface, efface, l'entendait-il parfois murmurer, tandis qu'elle se tapotait le front. Efface tout. »

Une fois, après avoir vu une émission télévisée à ce sujet, il avait suggéré la prière. Mais elle ne croyait pas en Dieu. Ni en Jésus. Ni à Satan. Ni dans la prière.

« Je crois aux mots. Aux chiffres. À l'histoire qu'il m'est donné de comprendre. À ce que je vois. » Elle l'étreignait quand il était petit et ajoutait : « Et surtout, oh surtout, en toi, Aubrey. Mon amour. Ma lumière. Ma vie. »

« Mon amour. Ma lumière. Ma vie. » Ces mots lui revinrent en mémoire, tandis qu'il plongeait le regard dans la semi-obscurité. Des mots qu'il n'avait jamais oubliés, ni la profonde souffrance enracinée dans l'amour qu'il vouait à sa mère. Un amour qui, à présent, s'était scindé, élargi, développé. Pour inclure Iris.

« Ta mère ressemble à une Blanche, murmura Iris. À part les bigoudis.

– Elle ne l’est pas. Elle est noire. Elle a simplement le teint clair », rétorqua Aubrey, contrarié. Sa mère avait peut-être du sang blanc mais, si c’était le cas, elle n’en parlait jamais. Lui non plus.

« M’man, j’ai amené mon amie pour te la présenter. Elle s’appelle Iris. »

Iris restait derrière lui. Il percevait ses efforts pour éviter de s’appesantir sur l’appartement, petit et sombre, avec sa table pliante recouverte d’une toile cirée, son évier rempli de tasses à café, le plan de travail où des grains de café soluble s’éparpillaient autour d’un pot Maxwell House ouvert. Un cafard rampait sur des Cheerios ramollies, tombées devant la poubelle.

Sa mère s’essuya enfin les yeux et les regarda. Elle remarqua les cheveux d’Iris, son tee-shirt moulant, le short en jean et, dans le reflet de la lumière de la télé, Aubrey vit une lueur vaciller dans son regard, briller, s’éteindre.

« Les conséquences d’une nuit durent toute la vie, constata sa mère d’une voix douce. Rien d’autre à dire pour l’instant sur ton amie Iris et toi.

– Voyons, maman, elle fréquente une école catholique.

– Tu sais comment on appelle ceux qui sont allés dans une école catholique, n'est-ce pas ? » Elle se retourna vers le poste de télé. « On les appelle *papa* et *maman*. »

Iris sourit. Aubrey, lui, ne trouva pas ça drôle.

Une pub passait à présent : des raisins secs se trémoussaient sur l'écran noir et blanc.

Aubrey restait immobile, n'ayant aucune envie d'avancer dans le séjour. Hormis le canapé et la télé, il y avait deux fauteuils à dossier droit, une petite table basse et un tapis vert foncé. Derrière le canapé, sa mère gardait deux valises faites – l'une pour lui, l'autre pour elle. Ils s'étaient toujours laissé porter par le courant. Mais, ici, à Brooklyn, maintenant qu'il avait Iris, Aubrey se sentait là où il souhaitait être depuis toujours. Enfin sur la terre ferme.

« Je suis contente de faire votre connaissance, déclara Iris.

– Moi aussi. »

Ils se tenaient dans le couloir séparant le séjour et la chambre de sa mère. Au fond de l'appartement en enfilade se trouvait la pièce exiguë où Aubrey dormait sur un lit étroit recouvert d'une couverture rayée dans un tissu qui grattait en été et n'était même pas chaud en hiver. Jusqu'à ce qu'il découvre la maison d'Iris, où le piano droit trônait sous des portraits d'ancêtres de famille, il ignorait que sa mère et lui étaient pauvres. Il le comprit à cet instant, dans ce lieu sombre, tandis qu'Iris respirait doucement dans son dos et il tendit le bras pour attraper sa main. L'étrange, ce fut la honte qu'il ressentit quand il s'en aperçut. Il s'efforça de ne pas inspirer la vulgaire odeur de Lysol, de fuir du regard le vase rempli de fleurs en plastique poussiéreuses.

« Je voulais simplement que tu rencontres Iris avant que je la raccompagne chez elle », précisa-t-il à sa mère.

Il s'approcha d'elle, l'embrassa avec douceur sur le front : « Je t'aime, m'man. »

Aubrey avait la gorge nouée parce qu'il se rendait compte que sa mère et lui étaient en mode survie depuis toujours. Ils tenaient le coup. Ils s'accrochaient à la vie. Alternaient salaires à temps partiel et coupons alimentaires.

« Moi aussi, je t'aime mon chéri. Prends un coupon et rapporte-moi un Coca Light. » Sa mère lui fourra le bon dans sa main, le regarda dans les yeux. « Et, avec la monnaie, achète un petit truc pour ta nouvelle copine et pour toi. »

7

Aussi vrai que je m'appelle Sabe, je te garantis qu'il faut cacher l'argent partout si tu veux survivre. Dans la poche secrète cousue à l'intérieur de ton manteau, dans les chaussures en daim que tu ne portes plus mais dont tu n'arrives pas à te débarrasser parce qu'elles te rappellent le passé lointain où tu allais danser le samedi soir. Sous un vase ou une bonbonnière, dans des mouchoirs noués et rangés au fond d'un tiroir de ta commode. Faut savoir que la banque ne sera pas toujours ouverte, qu'il est même possible que les employés te racontent qu'ils n'ont plus ton argent et, dans ce cas, le résultat, c'est quoi ? Qu'est-ce qu'il te reste ?

Écoute. Les Blancs de Tulsa, ils ont réduit en cendres le salon de beauté de ma grand-maman ! Ils ont incendié l'école où ma maman aurait dû aller, et aussi le restaurant de son père. Ils ont failli brûler vive ma maman qui a gardé une cicatrice en forme de cœur sur la joue jusqu'à ce qu'on la mette en terre. Imagine ces gens voulant brûler une enfant de deux ans. Ma maman n'était que ça – juste une gosse de deux ans à peine capable de courir quand les flammes l'ont rattrapée. Son papa l'a récupérée, mais pas avant qu'un bout de bois du salon de sa femme tombe sur sa joue et y laisse un souvenir pour la vie. Deux ans. Ces Blancs voulaient tuer tous les Noirs de Greenwood, jusqu'à ma maman. Jusqu'au dernier. En 1921. L'histoire essaie de faire passer ça pour une émeute, mais c'était un massacre. Ces Blancs ont amené leurs avions de combat, largué des bombes sur le quartier de ma maman. Paix à son âme. Si elle vivait toujours, elle raconterait son histoire à qui l'écouterait. À l'âge d'aller à l'école, je l'avais sans doute entendue une centaine de fois. Je savais. J'ai veillé à ce qu'Iris sache. Et je vais veiller à ce que Melody sache aussi parce qu'il faut raconter l'histoire des gens si on veut qu'elle reste dans les mémoires. S'ils avaient brûlé ma maman, je ne serais pas ici. En tout cas, si je suis sûre d'une chose c'est que même si j'arrive à l'âge de cent quatre-vingt-dix-neuf ans, Dieu, mon Sauveur, mon Roc, m'en est témoin je ne retournerai jamais dans cet État, plus jamais on ne verra Miss Sabe poser le pied dans l'État d'Oklahoma.

Les anciens disaient que le phénix renaît de ses cendres. Après l'incendie, la famille de ma maman a emballé le peu qui lui restait et est allée à Chicago, où le frère de mon grand-papa était médecin. Même s'il y avait eu des troubles à Chicago en 1919, le temps avait passé et le frère de mon grand-papa s'en sortait bien. Il avait épousé une infirmière. Ils habitaient une grande maison dans le quartier sud de la ville. Beaux vêtements. Véritable argenterie. Deux sortes de viande tous les soirs. Une bonne. L'infirmière ne pouvait malheureusement pas avoir d'enfants, alors ma maman était le centre de la vie de ces quatre adultes.

Seigneur. Seigneur. Seigneur ! La belle vie n'empêchait pas que le feu tourmentait toujours ma maman. Ça la réveillait la nuit, la faisait transpirer et pleurer. Voilà pourquoi je n'y crois pas quand on dit que les enfants ne savent rien. Qu'ils sont trop jeunes pour comprendre. S'ils sont capables de marcher et de parler, ils sont capables de comprendre. Suffit de penser à ce qu'un bébé fait pour grandir, les premières années de sa vie : il rampe, il marche, il parle, il rit. Le cerveau n'arrête pas de changer. Personne ne me convaincra que tout ça ne leur rentre pas dans le sang. Dans la mémoire.

Les Blancs sont venus avec leurs torches et leur fureur. Ils les ont encerclés dans leurs voitures, ils ont braillé, ils les ont appelés « nègres » comme s'ils les appelaient par leur nom. Ils ont anéanti la vie et les rêves de ma famille. Du coup, ma maman m'a appris tout ce que je sais sur la nécessité de garder ce qu'on a. De s'accrocher à ses rêves. De garder son argent. Je sais qu'on le conserve en rouleaux de pièces de 25, de 10 et de 5 cents, parce que les billets de banque brûlent. Et quand il y en a trop, on trouve les hommes qui vendent des lingots. On les emporte. On les cache sous les lattes du plancher ou en haut des armoires. On les range dans le congélateur où ils deviennent blancs à cause du froid. Et tous les jours de sa vie, on répète à son enfant : « Ne me laisse pas mourir sans que tu saches ce qu'il y a pour toi dans la maison. Quelque chose dont tu auras besoin. »

Depuis que j'avais su l'appeler maman, elle me disait : « Sabe, garde ce que tu as. » Malgré mon grand âge, je me rappelle les questions que je lui posais, petite, sur mes dents. Chaque fois qu'il en tombait une, je lui disais : « Maman, elle est à moi. Je dois la garder. » Ça me fait rire maintenant. Ma maman – Dieu la bénisse – répondait : « Ne t'inquiète pas pour tes dents. Je les ai. Je les garde pour toi. » J'imagine qu'il y a un bocal rempli de mes dents de lait quelque part dans le monde.

J'ai gardé le pull du Spelman College[1] de ma maman. Je l'ai porté dès le premier jour où j'y suis allée et je l'ai toujours. J'ai gardé le stéthoscope de mon papa jusqu'à l'hiver où, le sortant de son étui, j'ai découvert le caoutchouc désintégré en bouts collants et le disque piqueté de rouille. C'était apparemment tout ce que je gardais d'eux, des souvenirs de feu et de fumée. Et aussi l'or qu'ils ont mis de côté pour moi. Cet or, tous – mes grands-parents, ma maman, mon papa, même le frère et la femme de mon grand père – croyaient dur comme fer qu'il était indestructible. Qu'en avoir, c'est être en sécurité le reste de sa vie, à condition de le cacher.

On parle de la « cuillère en argent » dans ce pays mais, en vérité, la cuillère, c'est l'or. Solide. Empilé en haut et partout. C'est comme ça qu'il faut faire si on est de couleur, noir, négro, café au lait... quel que soit le nom qu'on donne à la couleur, pour peu qu'elle ne soit pas blanche.

1. Première université privée réservée aux Noires d'Amérique, fondée à Atlanta en 1881.

Seigneur !

Sauf que le jour où ta fille se pointe avec un ventre alors qu'elle n'est même pas encore grande, tu penses pendant une minute que tous ces lingots d'or ne valent rien du tout si tu n'as pas été fichue d'apprendre à ta gosse à rester pure. À tenir bon. À devenir une femme comme il faut. La nuit, tu pleures à en avoir la gorge à vif et plus un souffle à l'intérieur de toi. Plus une goutte à presser dans ton corps. Plus assez d'injures pour agonir Dieu et toi-même. Alors, tu as beau avoir l'impression que tu ne sortiras plus jamais de ton lit, tu te lèves. Tu décides que tu en as marre des regards et des chuchotements des voisins, et tu te lèves. Les yeux fixés sur le prêtre quand les fidèles de ton église te tournent le dos un dimanche, tu te lèves. Dans ton manteau en cachemire de chez Lord & Taylor, tu te lèves et tu interdis à la honte de se dresser près de toi. Quand le prêtre convoque ta fille unique dans son presbytère, pose la main trop haut sur sa cuisse, lui parle de la place qui l'attend en enfer, tu n'y retournes qu'une fois... pour le maudire. Les maudire tous. Et tu te lèves.

Tu continues de te lever. Tu échanges de l'or contre de l'argent. Investis l'argent dans une maison située très loin de tout ce que ta fille, ton mari et toi, vous connaissiez à Brooklyn. Tu fais les cartons, et tu te lèves. Tu chantes les chansons de ton enfance dont tu te souviens. « *Mama may have. Papa may have* »… Tu te souviens de tes parents quand ils étaient encore vivants, emballes les vieilles photos du salon de beauté Lucille's Hair Heaven et du restau Papa Joe's Supper Club arrachées aux flammes, et tu te lèves. Tu te lèves. Tu te lèves.

Tous les jours depuis qu'elle est petite, j'ai raconté l'histoire à Iris. Qu'ils étaient venus avec une intention. Qu'ils ne cherchaient qu'à nous éliminer. Éliminer notre argent. Nos magasins, nos écoles, nos bibliothèques… tout devait disparaître. Bien que ce soit arrivé vingt ans avant que je sois même une pensée, je porte ça en moi. Je porte cette élimination. Iris la porte en elle. Et, tandis que je regarde ma petite-fille descendre l'escalier, je sais qu'elle la porte aussi.

Toutes les deux doivent comprendre qu'il y a bien d'autres choses à porter dans cette élimination. La fuite. L'épargne.

La survie.

Donc, après avoir pleuré toutes les larmes de mon corps, il était temps de continuer et d'imaginer quoi faire avec ce qui m'était tombé dessus. Je pouvais concrétiser ma menace – flanquer Iris à la porte et faire comme si elle n'était pas née. Mais qu'est-ce que ça faisait de moi aux yeux de Dieu ? De mon âme bénie ? Une femme plus ignoble que chacun de ces Blancs qui avaient mis le feu et détruit ce à quoi mes grands-parents avaient consacré leur vie. Encore plus ignoble que les Blancs qui avaient ri devant la fumée et acclamé les flammes.

Alors je me suis levée.

Mon petit bébé descend un escalier qui est le nôtre. Vêtue de la robe que j'ai achetée voilà plus de seize ans. Po'Boy et moi, on a reconstruit notre vie. On s'est serré la ceinture, on a économisé, on a fait des tas d'efforts pour récupérer ce qui aurait dû nous revenir de plein droit. Ce que ma grand-maman avait payé. Lucille's Hair Heaven : on dirait un endroit d'où on sort avec la sensation d'être dans le rêve qu'un autre fait pour toi. Papa Joe's Supper Club : je ne peux pas m'empêcher d'imaginer des assiettes remplies de côtelettes et de légumes verts. De sablés au beurre et de tourtes de maïs, sans doute. De tartes aux pêches dans leurs moules en fonte.

Écoute. Soulève la latte de la dernière marche où elle vient de poser le pied. C'est là qu'ils sont, les lingots. Même petite, elle disait : « Quand je saute sur cette marche, elle ne fait pas le même bruit que les autres. » À quatre ans, elle connaissait déjà tellement bien les aigus et les graves que je lui ai fait donner les mêmes leçons de piano qu'à Iris, elle qui avait laissé tomber depuis une éternité. « Écoute, lançait mon petit bébé à son professeur avant de sauter de la banquette et de se précipiter vers l'escalier, ses nattes tressautant sur son dos et ses épaules. Écoute, cette marche, elle ne produit pas le même son que les autres. »

Puis un soir où je lui lisais une histoire, allongée à côté d'elle, elle m'a regardée en écarquillant les yeux et a chuchoté : « Les autres marches sont creuses, grand-maman ! C'est parce qu'il y a quelque chose dedans que celle-ci fait du bruit. » Elle s'est redressée, a approché la bouche de mon oreille : « Il y a quelque chose qui se cache là. » Elle devait avoir cinq ans. C'était l'été. Iris avait décidé de rester travailler dans l'Ohio, de sorte qu'on n'était que quatre à la maison. Juste Melody et moi la plupart du temps : Aubrey et Po'Boy bossaient. Seigneur, qu'est-ce qu'on marchait, elle et moi ! On n'arrêtait pas de marcher, rien que nous deux. On trouvait chaque jour quelque chose de nouveau à aimer dans Brooklyn. J'y avais passé presque toute ma vie, mais c'est seulement Melody qui m'a appris à regarder avec ses yeux tout neufs et intelligents. Des cardinaux rouges, des fleurs, des voitures aux couleurs vives. Des fillettes aux rubans violets et des vieilles femmes aux chevilles enflées. Melody voyait tout, elle me montrait chaque détail. « Regarde ça, grand-maman. » Et ça, et ça, et ça.

Un jour où, assises dans le jardin botanique, on mangeait des sandwichs que j'avais préparés, la gamine s'est tournée vers moi : « Tu es ma grand-mère, Iris est ma mère, mais on dirait que c'est toi ma mère et qu'Iris est... » Elle s'est interrompue, a froncé son petit visage comme si elle cherchait. « Je ne sais pas, grand-maman. C'est quelqu'un qui n'est jamais avec nous. »

Puis, de but en blanc, elle a ajouté : « Est-ce qu'elle a ce qu'il lui faut, là-bas ?
– Qui ça, chérie ?
– Iris ! »

Dieu nous a créés avec tous nos défauts et je me rappelle cette magnifique journée dans le jardin avec ma petite-fille, à la peau aussi noire que celle de son papa, aux cheveux aussi longs et épais que ceux de son arrière-grand-maman, aux beaux yeux bien à elle, pleins de curiosité. Depuis longtemps, elle appelait sa mère « Iris ». Chaque fois que je l'entendais, ça me déconcertait et je voulais la corriger : « C'est ta maman. Ne l'appelle pas par son prénom. » Je ne l'ai jamais fait.

Je ne l'ai pas dit parce qu'elle savait déjà ce que « maman » impliquait. Comment les mamans étaient censées se comporter et où elles devaient être.

« Iris a ce qu'il lui faut, Melody. Comme nous tous. »

« La marche, a-t-elle insisté le soir où j'ouvrais le livre d'images qu'elle avait choisi pour que je le lui lise. Il y a un truc en dessous, grand-maman. »

Je ne lui ai pas révélé à ce moment-là que c'était l'or. Des lingots, des tas de lingots. L'argent qui résisterait aux flammes et à l'eau. Et au temps.

Certains Blancs étaient des amis à temps partiel. À Tulsa, malgré la ségrégation, les gens trouvaient des moyens pour vivre leur vie les uns avec les autres. Jusqu'à ce que ça devienne trop, jusqu'à ce que les Noirs aient plus que ce que les Blancs jugent convenable.

Maintenant qu'elle descend lentement l'escalier, je vois la beauté et la grâce de l'enfant que j'ai voulu empêcher Iris d'avoir, et je dois refouler des larmes bien différentes. Po'Boy passe son bras autour de moi, je lui prends la main. Sens l'arthrite qui déforme ses doigts. La maigreur de son corps que le cancer dévore de l'intérieur. Je vieillirai sans lui, je le sais. Aucun jus vert, ni régime à base d'aliments crus, ni médecin holistique de Flatbush Avenue ne le soulage. Po'Boy dépérit. Il flotte dans son pantalon, même après les retouches successives qu'a faites le tailleur de Fulton Avenue. Il est assis dans son costume de lin sombre, sous lequel apparaît sa jolie chemise bleue, et tout pendouille sur lui, comme porté par l'air. Quand je lui serre de nouveau la main, il s'écarte pour me regarder avec ce sourire qui veut dire « N'y pense même pas ». Un sourire qu'il a transmis à Iris, qui l'a filé à Melody. Mon Dieu, j'aimerai le sourire de cet homme jusqu'à ma mort.

« Tu as envie de danser ? » me demande-t-il.

Je hoche la tête. Je sais qu'il ne me reste pas beaucoup de danses avec lui. Le carnet de bal que Dieu nous a donné est presque rempli.

Po'Boy et moi, on se lève.

8

J'imagine que j'avais de la place dans mon cœur pour Sabe, Iris et ma petite-fille Melody. Voire pour Aubrey – encore plus après ce qui s'était passé entre Iris et lui. Peut-être plus de place que je pensais en avoir car, réflexion faite, c'est aussi un enfant de Dieu. Et, bien qu'imparfaits, nous sommes censés avoir été créés à l'image de Dieu. Si je prends du recul, si je considère Iris et Aubrey avec la distance du bon sens, j'admets qu'ils n'étaient que des adolescents normaux, en proie à une poussée d'hormones qu'ils ne comprenaient pas. L'instinct animal. Le désir. Le manque. C'était facile, à l'âge que j'avais, d'oublier à quel point ma quéquette me contrôlait dans ma jeunesse. Dès que j'en avais l'occasion, je fermais la porte de ma chambre et racontais à ma mère que je devais étudier, lire ou que j'avais simplement besoin d'un peu de calme.

À mon arrivée à Morehouse College[1] en 1962, j'étais un sprinter de dix-neuf ans qui n'avait jamais couché avec une femme. J'en avais envie, la question n'était pas là. Je savais que des filles vous laissaient leur faire des trucs, mais je n'en connaissais pas. Mes copains buvaient un peu d'alcool puis parlaient à n'en plus finir de ces filles, sauf que j'avais du mal à distinguer le vrai du faux dans ce qu'ils racontaient. Je bossais, je courais mes 400 mètres, je recevais quelques médailles. Et j'ai décroché un diplôme de comptable. Je ne rêvais ni de Jeux olympiques ni de compétitions. Je courais pour courir. Pour sentir ma respiration et le vent dans mes oreilles. Rien n'est comparable à un sprint de 400 mètres : du muscle, du souffle, de la puissance. Ensuite c'est terminé, et on a ça derrière soi – une course de plus à chronométrer parmi les autres. Parfois une médaille de plus. Une ou deux secondes de moins. Une nouvelle année d'études financée par l'université. Mon diplôme en poche, j'ai emballé mes crampons de sprint dans une vieille taie d'oreiller et je les ai rangés. Grâce à Morehouse, j'ai entendu parler d'une entreprise appartenant à des Noirs qui recrutait ; j'y suis allé en bus, j'ai

1. Université évangélique fondée en 1867 par des pasteurs baptistes à Atlanta.

obtenu le boulot et, le premier jour, la plus belle fille que j'aie jamais vue a franchi la porte, cherchant un cousin qu'elle était censée retrouver.

Mince ! Je mourais d'envie de sauter de ma chaise et de lui crier : « S'il te plaît, ma jolie, laisse-moi jouer le rôle de ton cousin ! »

Je vous jure que j'ai pensé chercher ce cousin et en faire mon meilleur ami, aussi vrai que je m'appelle Sammy Po'Boy Simmons.

Sabe ne me prêtait aucune attention. Ou alors elle était très douée pour faire comme si. Il lui restait une année à Spelman, elle devait rattraper des cours cet été-là. J'ai failli retourner sur le campus de Morehouse et j'ai passé la plupart de mes soirées à parcourir les endroits où j'imaginais qu'elle serait.

Il y avait la guerre. Plus mes amis étaicnt enrôlés, plus je remerciais Dieu d'avoir des jambes capables de courir et un œil droit qui regardait le monde sans le voir à cause d'une cataracte de naissance restée trop longtemps inaperçue. J'ai remercié Dieu le jour où j'ai reçu la lettre d'exemption et celui où Sabe est entrée dans le bureau.

Est-ce que ça paraît dingue de dire que dès que je l'ai aperçue, le monde m'a semblé avoir un ordre dont j'ignorais l'existence ? Elle avait une lueur dans le regard – une étincelle de fermeté et de profondeur. Au bout de tant d'années, les mots continuent à me manquer pour la décrire. Sauf que ça partait de ses yeux, flottait autour de ses pommettes et palpitait sur ses lèvres. C'était même perceptible dans sa colonne vertébrale, bien droite. Je la voulais avec moi, cette chose qu'elle avait en elle et que je ne peux toujours pas expliquer. Je la voulais – et je voulais Sabe aussi – toujours avec moi.

La vérité, c'est que je n'avais jamais été aussi seul que cette année-là. J'étais parti de chez ma mère à Brooklyn pour aller dans un établissement inconnu, dans une ville inconnue. Ma tante Ella de Caroline du Nord avait écrit une lettre au président – le Dr Benjamin Mays – où elle lui demandait de me laisser entrer à Morehouse. Le Dr Mays lui avait répondu, et, du jour au lendemain, je montais dans un Greyhound après avoir serré ma mère dans mes bras. Je n'avais jamais réfléchi aux études supérieures jusqu'à ce que tante Ella envoie cette lettre. Quelquefois, je ferme les yeux le matin et remercie Dieu pour Ses voies impénétrables, parce que nous sommes tous là maintenant.

Après l'université, je pensais trouver du travail à Brooklyn puis ce boulot s'était présenté. Je téléphonais à ma mère aussi souvent que je le pouvais, même si ça coûtait cher. Certains jours, je mangeais des sandwichs au jambon à mon bureau, les yeux fixés sur des pages et des pages de chiffres. Ou bien je sortais, mettais mes chaussures de course, me rendais au stade de Morehouse, courais 400 mètres après 400 mètres jusqu'à ne plus avoir d'air et, le souffle court, la gorge et le ventre en feu, un feu qui remplaçait le manque, je restais immobile, les mains sur les genoux.

Je regarde le passé, plus de trente ans se sont écoulés. En relevant la tête, je vois Sabe en face de moi, un manuel scolaire plaqué sur sa poitrine, un sourire aux lèvres. Elle porte une jupe bleu clair et un chemisier blanc. Les beaux cheveux noirs de ma Sabe sont tirés en arrière.

Puis j'entends de nouveau sa voix. Douce. Une intonation du Sud. Métallique aussi.

« Qui est-ce que tu fuis, monsieur Jesse Owens ?

– Comment tu sais que je ne cours pas vers quelque chose ou quelqu'un ? »

Certains ne croient pas qu'on puisse rencontrer une personne et savoir qu'elle vous est destinée pour le restant de votre vie. Je ne vais pas discuter de ce sujet avec eux. Moi, je sais ce que je sais. Je suis resté là et j'ai souri en entendant sa voix puis la mienne qui lui répondait. On s'est mariés au mois de juillet suivant, en 1967. Dans la maison où elle avait grandi à Chicago. Le jour le plus parfait que Dieu ait donné au monde.

Si on avait suivi la volonté de Sabe, on aurait vécu à Chicago avec sa famille. En réalité, on y est restés un an jusqu'à la naissance de notre premier enfant. Benjamin. On lui a donné le prénom du père de Sabe, mort juste avant nos fiançailles. On ne parle pas beaucoup de cette époque. Le cœur de Benjamin n'a pas fait ce qu'il devait et on l'a fait baptiser à temps pour l'enterrer. Jamais on n'avait vu un aussi beau bébé sur terre. Pendant les quelques semaines qu'il a passées avec nous, il ouvrait les yeux et les plongeait dans les vôtres – comme une vieille âme. Comme un être du passé qui essayait de nous révéler quelque chose.

Après la mort de Benjamin, Sabe était prête pour un changement. Du coup, on a débarqué à New York et habité chez ma mère, dans la maison qu'elle avait achetée à force de lésiner sur tout, d'épargner et d'emprunter. Grâce au boulot que j'ai dégoté en ville, j'ai pu donner un coup de main. Sabe a commencé à enseigner en CE1 dans une école catholique et on se retrouvait à Washington Square pour déjeuner en regardant les hippies, les comédiens, les cyclistes. Quelquefois, le soir, on allait à Prospect Park avec ma mère, on étalait une couverture et on y dînait. Sabe et maman buvaient du thé, moi une bière Miller. Dans mes souvenirs, le soleil brillait toujours et il faisait chaud. Mais il pleuvait sûrement. Il faisait sûrement froid. Nous passions sûrement beaucoup de temps plongés dans la tristesse à cause de Benjamin. Beaucoup de soirs à pleurer dans les bras des uns et des autres.

Malgré nos efforts et nos prières pour avoir un bébé, on aurait dit que ça ne devait jamais se reproduire. Je percevais la souffrance de Sabe à la façon dont ses épaules s'affaissaient certains jours, à son silence.

Je crois profondément à la phrase sur le Seigneur qui donne et le Seigneur qui reprend. La semaine où nous avons découvert que le foie de ma mère ne fonctionnait plus et où les médecins nous ont annoncé qu'il n'y avait plus rien à faire, Sabe s'est rendu compte qu'elle n'avait plus ses règles depuis deux mois. Les mois suivants, nous avons autant pleuré que ri. Pleuré que ri. Ma maman est morte à la maison, avec Sabe, bébé Iris et moi à son chevet.

« Laisse-moi regarder ma petite-fille encore une fois », a-t-elle dit avant de fermer les yeux.

9

La fois où, après s'être endormie dans sa chambre de la résidence universitaire, Iris rêva que la mère d'Aubrey brûlait, elle hurla au milieu de la nuit. Comme la mort de Cathy-Marie remontait à trois ans, Iris ne comprit pas pourquoi les deux – le feu et CathyMarie – revenaient soudain la hanter.

Même après de nombreux mois, le lit à une place restait dur, inhospitalier. Elle avait beau avoir empilé deux draps en flanelle, elle sentait toujours l'alèse en plastique. Pourquoi y en avait-il une ? Certains étudiants mouillaient-ils toujours leur lit ? Et puis qui tenait encore sur un matelas à une place après l'âge de dix ans ? Elle avait toujours dormi dans un grand lit. Ne se souvenait pas d'une période où elle n'avait pas été couchée en diagonale, un oreiller sur la tête pour occulter la lumière. Même après l'emménagement d'Aubrey, sa mère avait insisté pour qu'il occupe la chambre d'amis au bout du couloir jusqu'à la naissance du bébé (ce qui ne rimait à rien, sa mère le savait). Aubrey la rejoignait sur la pointe des pieds au milieu de la nuit et ils parvenaient, alors qu'elle était enceinte de huit ou neuf mois, à faire l'amour en silence. Le lit était bien assez large pour eux, ventre compris, et le chagrin mâtiné de passion amoureuse d'Aubrey insufflait une désespérance inédite à sa façon de la posséder. À l'aube, il dormait d'un sommeil de plomb dans la chambre d'amis et elle avait retrouvé sa position – occupant le lit d'un coin à l'autre.

C'était le printemps et sa première année. Les dernières neiges avaient fini par fondre, la lumière de l'Ohio avait une qualité qui lui ôtait l'envie d'en partir. Debout devant la fenêtre, elle regardait dehors, envahie par l'impression d'être très loin de Brooklyn et de tout ce qu'elle connaissait. Elle s'attendait à ce que sa poitrine se serre, à avoir le cœur lourd. Il n'en était rien. C'était un sentiment de liberté. Un lâcher-prise. Bien qu'elle ne soit qu'au début de ses études, elle avait conscience qu'elle ne serait plus jamais heureuse à la maison. Brooklyn, Aubrey et même Melody ne la concernaient plus. S'agissait-il de cruauté ? Être la mère de l'enfant mais avoir l'intuition, fût-ce à dix-neuf ans, d'avoir fait tout ce qu'elle pouvait pour son bébé ? Elle lui avait donné la vie. L'avait allaitée pendant ses dernières années de lycée – rentrant au pas de course à l'heure du déjeuner pour fourrer de la nourriture dans sa bouche et son sein dans celle du bébé. L'une et l'autre s'observaient avec stupeur, comme si elles se disaient : « Bon sang, comment tu es arrivée ici ? » et « Tu vas rester ? ». Un membre se développait dans son corps – à la manière d'un troisième bras ou d'un deuxième cœur qui ne battait pas du tout au même rythme. Plutôt à l'opposé du sien, comme s'il scandait « Je suis ici, je suis ici, je suis ici ».

Elle apercevait des colocs de la résidence au sud de la cour.

L'Africaine à la belle peau noire, dont les cheveux encore plus noirs tombaient en torsades sur les épaules.

« Des cheveux indomptés par un maître », avait-elle claironné à l'intention d'Iris, le premier jour des cours, les relevant en une énorme boule afro. Iris n'avait pas compris ce que voulait dire cette fille qui lui avait lancé le même regard entendu que les élèves de l'Institut catholique. Pouvait-elle voir qu'elle était mère ? Que chez elle, à Brooklyn, elle menait une vie d'adulte et qu'Oberlin n'était qu'un intermède de quatre ans filant déjà trop vite. Puis la fille l'avait de nouveau toisée et, pour la première fois, Iris avait senti l'empreinte du maître sur son apparence : son teint café au lait, ses yeux d'ambre. Même ses cheveux qui, mouillés, ne s'entortillaient pas comme ceux de Melody et d'Aubrey mais étaient raides à certains endroits, formant des boucles ou des tire-bouchons à d'autres.

« Ta famille vient d'où ? » demanda la fille. Elle portait un tee-shirt noir dont l'inscription « *Zambia, bitch !* » en rouge vif fournissait la réponse à cette question.

« Brooklyn, répondit Iris. Avant ça, Chicago. Et deux ancêtres de Tulsa. »

Elle n'avait jamais mis Tulsa en avant jusque-là. C'était un passé en sommeil, l'histoire archaïque que sa mère ne cessait de ressortir, associée à des confidences absurdes sur de l'argent caché. Et, les rares fois où elle avait bu un ou deux verres de vin, sa mère se lamentait sur – avait-il vraiment eu lieu ? – un massacre. Combien de fois sa mère avait-elle évoqué les massacres quand Iris était petite ? Impossible d'en faire le compte. Enfin, à douze ans, elle lui avait crié : « C'est ton histoire, pas la mienne ! » Sa mère s'était tue, d'abord abasourdie, déroutée, puis, à la grande surprise d'Iris, en larmes. « Tu as raison, Iris. Ce n'est pas la tienne. »

Là, en revanche, Iris estima que Tulsa ajoutait de la profondeur à son histoire. Une part d'elle étrangère se démarquant du cosmopolitisme de son côté new-yorkais.

« Petite, j'adorais la comédie musicale *Oklahoma !*, les paroles de cette chanson, "*Hush, you bird, my baby's a-sleepin*"... », fredonna alors la fille. Le rythme fut presque escamoté et remplacé par un ton nasillard qui correspondait sans doute à la pièce. Iris ne l'avait jamais vue. N'était jamais allée à Tulsa. Elle avait cependant la conviction que Tulsa – un lieu hanté à part entière – se distinguait de l'Oklahoma. C'était lié aux récits que sa mère ne cessait de vouloir lui raconter dans son enfance. Aux Noirs et à la perte. Au feu. À la destruction de l'avenir noir. Les mots se bousculaient à présent dans sa tête, comme un mauvais jingle. De vagues souvenirs de conversations avec sa mère. La richesse noire... quelque chose de ce genre. La cicatrice sur la tête de grand-maman Melody. À moins que ce ne soit sur la joue ou l'épaule ?

En regardant la fille danser sur la pelouse avec les autres, Iris se rappela combien la chanson l'avait fait rire ; persuadée qu'elle se moquait d'elle, la fille avait tourné les talons et s'était éloignée. Iris sourit de nouveau en se souvenant du nasillement – « *My baby's a-sleepin* ». Peut-être était-ce au lycée qu'on apprenait à se faire des amies. Sauf qu'en seconde, elle était enceinte et dangereuse. Les élèves de l'école catholique lui en avaient rebattu les oreilles. « D'après ma mère, ton ventre est contagieux. Crac, crac, crac. Un, deux, trois. D'abord c'est toi, ensuite moi. » Iris les fascinait, mais de loin. Elles s'empressaient de détourner la tête vers le premier rang dès que, levant les yeux, elle surprenait leurs regards, se regroupaient dans les toilettes et les couloirs pour chuchoter sur sa grossesse : comment ça s'était passé et quand. « J'ai entendu dire qu'il y avait deux garçons en même temps. Alors elle a deux bébés dans son ventre.

– Non, ce n'est pas du tout ça. Il paraît que c'est son père qu'il l'a fait.

– Menteuse !

– Non, c'est la vérité.

– J'ai entendu dire qu'il y en avait un autre dans sa maison. Qu'elle a eu à onze ans.

– Impossible. À onze ans, ça n'arrive à personne.

– Elle n'est pas comme tout le monde. Si elle a un bébé dans son ventre, elle pourrait en avoir eu un autre, je te le garantis. Tu ne sais même pas comment elle s'est retrouvée avec celui-là. Tu n'y connais rien à rien. »

Qui parmi elles connaissait quoi que ce soit ? Iris aurait voulu bondir au milieu de leur cercle avec son ventre proéminent, et tout leur raconter. Le plaisir. L'odeur. Le goût de la sueur du cou d'Aubrey. Les cris de jouissance qu'elle devait refouler dans sa gorge. L'envie la tenaillait de les scandaliser grâce à ce qu'elle savait, de leur lancer : « Courez raconter ça à vos mamans. »

Mais les religieuses avaient appelé ses parents avant qu'elle n'y parvienne.

« Ce n'est guère prudent pour une jeune fille dans son... état », leur avait-on dit. Iris s'était sentie toute petite entre eux deux. Avait senti sa mère rapetisser encore davantage à côté d'elle.

« Vous pouvez organiser des cours à la maison avec le rectorat. Il faudra qu'elle redouble puisque...

– Ma fille ne redoublera pas, avait fini par objecter sa mère. Elle est trop intelligente pour redoubler. » Sous les coups d'œil que la religieuse ne cessait de jeter au ventre d'Iris, elle lui avait pris la main, s'était levée, l'avait entraînée.

Malgré sa honte, Iris avait serré la main de sa mère, l'aimant comme elle n'avait jamais aimé personne au monde parce qu'elle l'avait sauvée du regard de la religieuse, l'avait délivrée.

Il n'y eut pas de rectorat. À la place, sa mère lui fournit une cargaison de manuels, l'adjurant de travailler. Mais, dès le départ au travail de ses parents, Iris allumait la télé, se servait un deuxième, troisième, quatrième bol de céréales et s'asseyait pour se gaver d'émissions et de séries.

La boîte aux lettres débordait de prospectus. Pour des centres de préparation au GED[1], des écoles alternatives pour adolescentes enceintes, des cours d'enseignement technique promettant des emplois de col bleu « sans mise de fonds », « vous avez déjà droit à un prêt étudiant. » À chaque lettre qui lui était adressée, Iris était submergée par la tristesse, une sensation d'échec et d'enlisement. Au cinquième mois, se sentant grosse et moche, Iris laissa Aubrey la ramener chez sa mère.

1. Diplôme de fin d'études secondaires obtenu en candidat libre.

« Elle est au courant, lui répétait-il à l'envi. Tout va bien. »

« Aubrey et toi, vous m'avez tout l'air d'avoir signé ce chèque que ton corps doit encaisser », lâcha la mère d'Aubrey, désignant du menton le ventre d'Iris. Toujours sombre, l'appartement était cependant mieux tenu et imprégné d'effluves plus agréables. La télévision n'était pas allumée. CathyMarie s'était habillée, avait relevé ses cheveux en une natte au sommet du crâne, portait des petites lunettes papillons pendues à un cordon autour de son cou.

« Il m'a dit qu'on t'avait exclue de l'école. »

Iris acquiesça. CathyMarie avait la voix rauque : des années de tabac, peut-être d'autres trucs. D'après son fils, elle avait arrêté. D'où, probablement, la disparition des odeurs de cigarette, de cendres, de briquet au butane. La grossesse avait affiné l'odorat d'Iris ; même l'arôme d'un gâteau en train de cuir pouvait la faire vomir.

« Et que tes parents travaillent toute la journée ; du coup, tu passes ton temps à regarder la télé pendant qu'Aubrey est en classe. » Iris distinguait à présent des vestiges de beauté chez la mère d'Aubrey. Autour des yeux notamment. Dans l'implantation des cheveux qui encadraient son large visage. Dans son petit sourire – pas vraiment narquois –, plutôt gentil, lorsqu'elle lui parlait. « Je suis sûre que vous faites des bêtises quand il n'est pas au lycée. »

Iris garda le silence, sans baisser les yeux pour autant. C'était vrai. La maison était grande, remplie de cartons et de meubles recouverts de housses. Elle y était seule presque tous les jours. Sa mère avait pris un autre travail pour assumer le bébé et les factures qui s'accumuleraient bientôt à cause de l'achat de cette nouvelle maison. « Je nous emmène loin d'ici, loin de ces gens. On sera partis en moins de temps qu'il ne faut pour le dire. »

Et maintenant la mère d'Aubrey lui proposait… de lui donner des leçons particulières. De lui tenir compagnie.

Elle voulait qu'on l'appelle CathyMarie. Elle précisa à Iris qu'elle devrait la retrouver à la bibliothèque à l'angle de Woodbine Street et Irving Avenue, de onze heures à quinze heures, trois jours par semaine. Elle devrait manger avant et apporter des snacks pour la durée de la leçon. Il fallait rattraper le retard en maths et en sciences. Sans oublier l'espagnol et l'anglais : des livres à lire, du vocabulaire à apprendre, des arguments à affûter, des sujets à analyser, des essais à rédiger.

Elle parlait lentement, choisissait ses mots, comme si elle estimait qu'Iris n'était pas assez futée pour la comprendre sur-le-champ. Au cours des mois suivants, Iris se rendrait compte que c'était sa façon de s'exprimer. Ce jour-là, en revanche, elle dut prendre sur elle pour ne pas demander à CathyMarie d'accélérer son débit. Aubrey souriait à sa mère comme si elle était l'unique lumière de sa vie.

« Je ne comprends pas pourquoi vous faites ça, vous n'êtes pas professeure, dit Iris.

– Ma mère est intelligente, expliqua Aubrey. Elle m'a appris à lire quand j'avais trois ans, tu te rappelles ?

– Oh oui… tu me l'as répété mille fois.

– Et toutes les tables de multiplication quand j'avais sept ans », continua Aubrey comme si ces mots n'étaient pas non plus déjà sortis de sa bouche.

« C'est toi qui es enceinte, intervint Cathy-Marie, toujours avec le même excès de lenteur, de circonspection. Mais tu attends l'enfant d'Aubrey, mon petit-enfant. Tu ne seras bientôt plus la seule concernée. Et s'il y a une chose que je refuse, c'est que la mère de mon petit-enfant décroche du lycée.

– C'est mon bébé, objecta Iris. Je fais tout le boulot. À cause de lui, je grossis, vomis, ne dors pas.

– Oui, c'est le tien pour l'instant. Il ne le sera pas éternellement. »

CathyMarie sourit. Son sourire était celui d'Aubrey, ouvert et un peu implorant, dévoilant les mêmes dents blanches et les mêmes lèvres pleines. « Pas question de te laisser t'enliser comme ça. Si je pouvais, j'abandonnerais mon boulot à temps partiel pour travailler avec toi cinq jours par semaine – voilà à quel point c'est important pour moi. Mais on touche déjà des rogatons de ce foutu système avec les coupons alimentaires et Medicaid. J'en ai ma claque de cette aide foireuse qu'ils croient nous filer. Si je quitte mon emploi, je devrais percevoir plus du gouvernement. Ils ne m'auront pas avec leurs conneries. »

Iris faillit éclater de rire. Bouche fermée, cheveux tirés, la mère d'Aubrey passait pour une Blanche distinguée. Dès qu'elle prenait la parole, elle était plus noire que son fils.

« Que le gouvernement aille se faire foutre avec son aide sociale bidon puisqu'il faut bosser pour la toucher, marmonna CathyMarie, s'adressant à elle-même plutôt qu'à Iris. Je refuse qu'Aubrey et toi soyez pris dans l'engrenage. » Elle ferma les yeux un instant, y appuyant ses doigts pâles. « Mais qu'est-ce que je suis fatiguée, Iris ! Effroyablement fatiguée ! »

Des années plus tard, lorsque, frisant la cinquantaine, Iris, seule chez elle, attendrait la sonnerie du téléphone – un appel de Melody lui proposant un déjeuner ou une balade à Central Park, elle se souviendrait de ce jour-là et comprendrait que CathyMarie souffrait de solitude et se sentait proche de la fin. Peut-être savait-elle que c'était ce qu'elle avait à donner : du temps à Iris et au futur bébé avant de disparaître. Laisser une part d'elle-même dans l'éducation d'Iris.

Le lendemain, elles commencèrent par l'anglais : Iris assise en face de CathyMarie, à la lourde table en chêne dans la bibliothèque presque silencieuse. Quand CathyMarie leva les yeux du manuel pour expliquer lentement les locutions adverbiales à Iris, celle-ci se rendit compte que la mère d'Aubrey avait été une jeune femme qui avait sans doute passé du temps dans un lit à mordiller l'oreille de son homme. Quand, au bout de quelques mois, elle s'empara de la main d'Iris pour lui montrer comment se servir de ses doigts pour la table de neuf et lui déclara « Tu aurais dû apprendre ça à l'école primaire. Tu dois la connaître par cœur, comme ton nom, si tu veux t'en sortir en algèbre », Iris eut soudain affreusement peur d'échouer. Un changement se produisit dans son cerveau, il se débloqua, comme si elle se réveillait. Le majeur de CathyMarie enfoncé au creux de sa paume, sa façon de soutenir que les sciences, les maths et la lecture avaient autant d'importance que son prénom furent la clé qui lui ouvrit une succession de portes. Ses parents ne l'avaient jamais sermonnée ainsi – cela allait de soi. « Tu iras à l'école. À l'université. Tu étudieras. Tu auras un emploi. » Les religieuses terminaient toujours par les promesses de Dieu pour après sa mort. Mais elle n'était pas morte. Elle ne comptait pas l'être d'ici longtemps. Les chiffres, les mots, les faits avaient un rapport avec un horizon nettement plus vaste. Qui dépassait le moment où le bébé sortirait de son ventre. Un rapport avec la vie. Iris assimilait tout cela. Elle se voyait partir. Elle se voyait partie.

« J'ai compris. Maintenant, j'ai compris », dit-elle.

Assises sur les marches, elles mangeaient des sandwichs au fromage et à la mortadelle, des chips saveur barbecue et des biscuits Oreo qu'elles faisaient descendre avec du Coca-Cola. Des années plus tard, Iris aurait oublié de quoi elles parlaient pendant ces déjeuners, mais elle se rappellerait le rire de CathyMarie, la forme et la chaleur de ses mains calleuses. Après la naissance de Melody, lorsqu'elle était retournée en classe (à l'école publique du quartier désormais, peuplée d'élèves bruyants et de professeurs épuisés), elle eut facilement de très bonnes notes ; elle se souvenait de CathyMarie lui affirmant qu'elle était intelligente, que son cerveau n'était pas encore broyé par les années ou par les allusions des gens à son absence de perspectives : « Lance-toi. Tu n'as aucune excuse de ne pas le faire. Rien ne te tourmente ! »

Iris regrettait de ne pas lui avoir demandé alors : « Qu'est-ce qui te tourmente ? » Au moment où, moins centrée sur elle-même, Iris fut assez âgée pour comprendre que c'était ce qu'elle souhaitait savoir, CathyMarie était morte depuis longtemps.

Cette année-là, aux environs de Pâques, CathyMarie était en soins palliatifs. Le cancer dans son foie, ses poumons et sa moelle épinière ne lui avait laissé qu'une peau cireuse sur les os. Il était trop tard pour que qui que ce soit retienne ne serait-ce qu'une partie d'elle. Même Iris qui, enceinte de huit mois, avait appris à aimer la façon dont CathyMarie riait en renversant la tête en arrière comme Aubrey, et la façon dont elle évoquait la puissance de la mer. « Elle m'a toujours appelée, tu sais. M'a toujours fait signe. Elle continue. Il m'arrive de prendre le train pour Brighton Beach uniquement pour marcher sur la plage. Pour être près d'elle. Pour l'entendre. La respirer. Essayer de ne pas avoir la sensation d'être enclavée. » Quand CathyMarie prononçait « unilatéral », « second degré » ou « coefficient » avec une lenteur et une application infinies, Iris pensait : *Cette femme se comporte comme si elle avait tout son temps pour résoudre l'exercice d'algèbre*. Tout son temps ! Quelle inconscience chez l'une et l'autre !

Treize mois plus tard, Melody effectuait en riant ses premiers pas à Coney Island, dans le sable où s'enfonçaient ses pieds minuscules, tandis que ses chevilles se tordaient. Aubrey eut un large sourire quand elle se dirigea vers lui, tendit les bras pour qu'elle s'y élance. Le vent lui ébouriffa les cheveux, ce qui la fit rire aux éclats. Le ciel était couvert, la température trop froide pour le printemps, la plage presque déserte. Les parents d'Iris se serraient l'un contre l'autre. À côté d'eux, Iris plaquait contre elle l'urne contenant les cendres de CathyMarie.

« Ce n'est pas trop tôt pour qu'elle marche ?
– Non, parce qu'elle est géniale, répondit Aubrey. Nous avons créé une enfant et la voilà qui marche. »

Iris le vit lancer un coup d'œil à l'urne avant d'enfouir son visage dans le cou presque inexistant de Melody. Elle l'observa en se demandant si le cou de sa fille aurait un jour la longueur et la finesse de celui de CathyMarie. Aubrey faisait vieux tout à coup. Bien plus que ses dix-sept ans. « Comment en est-on arrivés là ? avait-il bredouillé le matin même entre deux sanglots. Je connais à peine ta famille et, désormais, c'est tout ce qu'il me reste. »

Il se pencha pour poser un baiser sur la joue d'Iris, y laissant une trace humide. Ses larmes.

Et maintenant Melody s'éloignait d'Aubrey avec un grand sourire révélant ses quelques dents – petites, blanches, parfaites.

Prends un des coupons alimentaires et va me chercher…

Iris contempla la mer en clignant des yeux : « On devrait le faire. »

Aubrey la regarda et acquiesça.

Il confia Melody à ses grands-parents. Puis ils s'approchèrent tous les deux de l'eau. Iris plongea la main dans l'urne, les cendres de Cathy-Marie étaient étrangement chaudes. Le vent se leva lorsqu'ils les dispersèrent, soufflant doucement la poussière blanche de son corps vers l'océan.

10

Moi aussi, je chante l'Amérique[1] ce matin de septembre.

À la table du petit déjeuner des Noirs qui devient la table du déjeuner des Noirs. Assise entre Malcolm et Leonard. En face de Clariss et de Tenessa. À quelques places de May et de Nettie, qui s'appelle en fait Wynett – comment peut-on donner un prénom aussi débile à une sœur ? Wynett. Celui d'une chanteuse de country ringarde ; non que je cherche à démolir Wynett ou ses parents que je ne connais pas mais que j'aimerais bien rencontrer, simplement pour comprendre ce qui passe par la tête de gens qui nomment Wynett une sœur couleur chocolat. C'est ma copine, alors ce n'est pas du tout un manque de respect, ça nous fait juste rigoler. On

1. Allusion à un vers du poète Langston Hughes.

se tord de rire. On se moque de tout. On se fout que les gamins blancs nous dévisagent comme si on n'avait rien à faire dans cette école, dans leur cafétéria où ils plantent des pinces à salade dans les crudités du buffet. On s'en fout complètement, putain ! Ils sont pas fichus de comprendre qu'ils sont en face de la famille royale quand ils demandent « Comment ça se fait que vous restiez ensemble ? », sans même jeter un œil à leur table où il n'y a que des Blancs. Alors on rit très fort, et on est les premiers dans la queue le vendredi pour le poulet frit qu'on mange avec les doigts, même si je n'ai pas le droit de le faire à la maison. Je n'y suis pas, merci bien. Je suis dans cet externat merdique, Country Day, qui ne se trouve pas à la campagne ; pour ce qui est de la journée, faut pas nous prendre pour des imbéciles ! Je passe mon temps à observer des Blanches coincer des frères noirs basketteurs dans des coins ou derrière la piscine et les frères se laisser faire.

« Elles veulent juste savoir si les poils du bas sont aussi doux que les cheveux », déclare Leonard à la tablée. Il ne joue pas au basket et ne se fait pas coincer. « Leurs *mamas* les roueront de coups si elles ramènent ces gringalets à la maison. » On rit. Fort. On regarde les basketteurs s'asseoir à leur table de Noirs, et les filles blanches regagner leur monde de Blancs en secouant leurs cheveux sur les épaules. Enlever à la fourchette et avec délicatesse la chair du poulet. La manger jusqu'à l'endroit où elle n'est pas cuite, près de l'os, ce qu'on ne ferait jamais.

Quand elles nous demandent timidement – elles le font toujours – quel programme nous finance, Prep for Prep ou A Better Chance[1], on lève les yeux au ciel avec un sourire narquois qui les fait rougir.

« Non, je réponds. C'est pareil pour moi que pour vous : mes grands-parents payent cash pour que je fréquente cet établissement. »

On se dit : *Elles croient qu'on est toutes éduquées grâce à un paiement en différé.*

Malcolm, qui assure dans le programme Prep for Prep, et Clariss, qui cartonne dans celui de A Better Chance, se contentent de les toiser – des baskets crasseuses aux casquettes de baseball, des orteils vernis aux queues-de-cheval.

On met Tupac en poussant le volume à fond, Jay-Z, Snoop Dogg et Outkast à pleins tubes

1. Initiatives d'ONG destinées à faciliter l'accès des meilleures écoles aux élèves de couleur.

quand on s'éloigne de l'établissement à la fin de la journée, un groupe de Noirs qui exécute de vieilles danses comme le *wop* et le *cabbage* patch. On applaudit le *voguing* de Malcolm, dont le corps bouge avec la fluidité de l'eau qui coule. Dans le métro, on rigole, on jure à tue-tête, on regarde les gens changer de voiture et on prétend n'en avoir rien à foutre que notre groupe de Noirs les effraie.

Ce matin de septembre, en revanche, quand on se lève précipitamment de la table du petit déjeuner des Noirs pour foncer vers la télévision dans notre salle commune, on ne fait plus qu'un, un seul enfant en larmes, tandis que les présentateurs révèlent ce qu'on ignore encore.

On s'écrie : « Merde. Ils nous bombardent. Putain de bordel de merde ! »

On dit : « Mon père est dans cette tour. Ma mère. Ma sœur. Mon frère. Mon oncle. Ma tante. Ma grand-mère. Mon grand-père. Mon ami. Mon père. »

Mon père.

11

Le projet initial, c'était un voyage en voiture. La famille s'entassant dans la Volvo de Po'Boy pour le trajet de huit heures jusqu'en Ohio. Sauf qu'Aubrey ne savait pas conduire et que Po'Boy trouvait que c'était une mauvaise idée d'obliger une gosse de trois ans à passer tellement de temps dans une voiture.

Aubrey s'efforça de ne pas regarder Iris quand il donna raison à M. Simmons. De ne la fixer à aucun moment pendant l'élaboration du planning. Il lui semblait qu'un gouffre s'ouvrait dans ce qui le liait à Iris. Pourquoi le quittait-elle ? Ils avaient fabriqué quelque chose. Non, quelqu'un. Ensemble. Et aussi quelque chose. Ils avaient fondé une famille. Une famille dont les membres remplissaient les étages de la maison, s'étalaient dans toutes les pièces, se faisaient entendre dans les couloirs, hurlaient en haut et au pied de l'escalier. Éclaboussaient le sol en sortant de la baignoire. Essuyaient la bouche et les fesses de Melody, balayaient les miettes autour de sa chaise haute. Se rendaient au Häagen-Dazs de la Septième Avenue pour acheter des cornets de glace et les mangeaient sur le perron. Que les films d'Eddie Murphy amusaient. Les trop rares fois où Iris le laissait lui faire l'amour, il avait l'impression que leurs corps s'accrochaient à la terre. Quand il embrassait Iris, il désirait qu'elle l'engloutisse, pénétrer au tréfonds de son être – telle était l'intensité de son amour. La famille était composée d'eux trois, mais aussi de Po'Boy et de Sabe. Sans oublier les fidèles de leur église qui les avaient observés pendant des années avant de s'apercevoir qu'ils étaient des gens bien, des élus de Dieu, et de les inviter à des pique-niques dans le parc ou à des excursions en car jusqu'à la statue de la Liberté, Chinatown, Great Adventure.

Pourquoi Oberlin ? demandait-il sans arrêt. Pourquoi si loin ? Pourquoi les quittait-elle ? Il posait les questions que Po'Boy refusait de poser. Et la mère d'Iris devenait de plus en plus sombre et silencieuse.

« Nous savions que je le ferais, Aubrey. »

Il savait ce que taisait Iris. Avec Melody et lui, la maison semblait petite. Ne lui convenait pas. Elle n'avait aucune envie de vivre avec lui. D'élever l'enfant de qui que ce soit. La grossesse était une chose, être mère une autre.

Il savait que la longue liste des universités qui l'avaient acceptée était son échappatoire. Oberlin était la plus éloignée.

« Qu'est-ce que je suis censé faire pendant quatre ans, se résolut-il enfin à lui lancer une nuit. T'attendre ? »

Elle se colla à lui, murmura : « Je t'aime Aubrey. » Il sentit son corps se détendre et se mit à bander en même temps. Désormais, il n'avait plus qu'elle et elle le savait. Un étrange pouvoir : « Saute pour moi, Aubrey », exigeait-elle, et il s'exécutait, ne songeant qu'ensuite à demander pourquoi.

Ils avaient grandi. Après la naissance de Melody. Après le décès de sa mère. Après que les parents d'Iris l'avaient accueilli chez eux. Ils avaient grandi bien vite. À seize ans, Aubrey se rasait. À dix-sept, il avait gagné quinze centimètres et pris un travail à temps partiel au service courrier d'un cabinet d'avocats, devenu un plein-temps une fois qu'ils avaient l'un et l'autre décroché leur diplôme de fin d'études secondaires.

Il savait qu'Iris ne supportait pas qu'il soit comblé par : un boulot au service du courrier d'un cabinet d'avocats ; le dernier étage dans la maison de ses parents ; les pleurs du bébé jusqu'à ce qu'il se lève pour la consoler. Sa capacité à le faire. Il savait qu'elle ne comprenait pas comment il pouvait s'en contenter.

Iris avait fini par prendre l'avion. Seule. Toute la famille l'avait accompagnée à l'aéroport. Melody, dans les bras d'Aubrey, avait demandé si elle revenait bientôt. Prosaïque. Comme si elle réclamait un verre d'eau. Comme si le départ de sa mère ou sa décision de rester n'avait peut-être pas grande importance. Puis, enfouissant sa tête dans l'épaule de son père, elle avait pleuré comme si c'était la fin du monde.

Un jour, au cours de la première année, elle l'avait appelé pour lui raconter le rêve qu'elle avait fait sur CathyMarie. Sur le feu. Elle s'était réveillée en hurlant. Il était tard, cela faisait longtemps qu'Aubrey avait couché Melody.

« Aussi vite que ça, Aubrey, avait expliqué Iris. Aussi vite que ça, un rêve d'avenir grandiose peut simplement… se dissiper. »

Il avait beau connaître le sens de *grandiose*, il n'en avait pas moins tenté de le décomposer dans sa tête en suivant les instructions de sa mère. *Dios* : le mot espagnol pour « Dieu ». *Grand* : « immense ». Le mot acquérait une étrange signification, plutôt inédite pour lui.

« Ma mère me manque. Tu me manques », dit-il.

Il entendit Iris pleurer doucement à l'autre bout du fil.

« Je sais. Je le sais. »

Il coinça le téléphone entre l'épaule et le menton, appuya l'oreille sur le combiné. Si seulement elle était plus proche, à côté de lui ! Malgré les larmes, il percevait la distance dans sa voix. Leur relation avait-elle été différente à un moment ? Il ne s'en souvenait pas.

« Tous les jours, j'ai l'impression que des bribes de mon enfance disparaissent de ma mémoire, enchaîna Iris. J'ai essayé de réciter le rosaire, juste pour le réciter parce que je m'en fiche. Moi qui devais le faire au quotidien, j'ai été incapable de me le rappeler au-delà de *"Je vous salue Marie pleine de grâce"*. J'ai oublié jusqu'au goût crayeux de l'hostie sur ma langue. »

Il pensa à la langue d'Iris. Si douce et si lisse dans sa bouche. Il eut une érection et le lui dit. Parfois, elle lui susurrait des trucs au téléphone. Parfois, elle lui parlait comme si elle était tout près, lui détaillant ce qu'elle lui faisait et comment elle s'y prenait.

« Tout », poursuivit-elle, ne l'ayant sans doute pas entendu. Sa voix était plus légère, plus distante. Peut-être était-elle défoncée. « Les bouffées d'encens dans l'église. Le Christ qui remonte sa tunique pour montrer son cœur saignant. Comme Esaïe 54-7 : *"Quelques instants je t'avais abandonnée."* Comment se fait-il que je me souvienne de ce verset ? Tu sais ce que je suis maintenant, Aubrey ?

– Quoi ? » Il avait tiré le téléphone dans leur salle de bains mais, comprenant désormais qu'il ne se passerait rien, il s'adossa au lavabo et attendit. Est-ce que cela se terminait ainsi ? Est-ce que les chemins des gens se séparaient de la sorte ?

« Je suis une catholique non pratiquante. C'est peut-être pour ça que CathyMarie m'a montré le feu. » Iris pouffa de rire, ce qui convainquit Aubrey qu'elle planait. Il se garda toutefois de le lui demander. L'idée qu'elle fume de l'herbe avec un mec qu'il ne connaissait pas lui était insupportable. Il était presque minuit. Le type était-il toujours là ? à côté d'elle, en train de lui masser le dos ?

Elle se tut. Puis finit par demander s'il était toujours là.

« Oui, répondit Aubrey. Je suis là, je suis toujours là. »

Mais c'était elle qui était partie. Iris. Sa première. Son Iris l'avait déjà quitté, Aubrey le savait.

12

L'accouchement avait été une épreuve pour deux vies au moins – on aurait cru que la tête du bébé tentait de l'écarteler puis, comme si ça ne suffisait pas, des épaules aussi larges et osseuses que celles d'Aubrey s'étaient présentées. Pour couronner le tout, ses hurlements n'avaient alerté personne. Le médecin ne cessait de répéter : « Ce n'est que la pression, la péridurale est là pour la douleur. » Elle aurait aimé l'agonir d'injures, fourrer son corps dans le sien pour qu'il sente le feu de l'enfantement. Une expérience atrocement merdique ! Une douleur comparable au martèlement de chaussures Timberland sur son dos, tandis que les autres parties de son corps brûlaient et brûlaient encore. Peut-être s'agissait-il de l'enfer prédit par les religieuses. Iris avait envie de rappeler au médecin que son cul de vieux Blanc n'avait jamais mis personne au monde, alors qu'est-ce qu'il en savait, bordel ! Près d'elle, sa mère lui disait d'être forte, lui disait que c'était son choix, lui disait que ce serait bientôt terminé, appliquait des glaçons sur ses lèvres. « Je t'aime, ma chérie, lui assurait-elle. Tu es capable de faire ça. Iris, tu es ma petite fille courageuse. Tellement, tellement courageuse. » Elle avait accouché d'Iris à quarante ans. Benjamin était mort très peu de temps après avoir vu le jour. Iris sentait que sa mère redoutait que ce bébé ne parvienne pas à vivre. Pendant sa jeunesse à Chicago, sa mère avait entendu parler de nourrissons qui ne respiraient pas à la naissance ; de médecins qui tapaient, aspiraient, déclenchaient le « code bleu ». Avait écouté son oncle raconter des histoires sur des adolescentes qui perdaient leur enfant et, parfois, la vie. La main de sa mère, lovée dans la sienne, tremblait.

« Seigneur, quelle merveille ! » s'exclama le médecin. Et Melody fut là, dans le monde. Rouge, ridée, en larmes.

« Donnez-la-moi. Elle est à moi. » Après avoir essuyé le mucus et le sang, l'infirmière plaça le minuscule corps sur la poitrine d'Iris, mais à peine le bébé eut-il ouvert les yeux qu'il les referma, comme ébloui par une lumière trop vive. Ou par le regard troublé d'Iris, qui sentit qu'une sorte de secousse, de l'ordre d'un choc électrique angoissant, passait de l'une à l'autre.

« Merde, murmura Iris. Merde. » Si elle avait été plus âgée, elle aurait pu se poser la question essentielle : qu'est-ce que j'ai foutu ?

Les jours suivants, tandis que les infirmières allaient et venaient, embarquaient le bébé, le ramenaient avec ses cheveux noirs, lustrés, lissés d'un côté, Iris regardait par la fenêtre de l'hôpital et prenait conscience de l'immensité de la vie qu'elle n'avait pas encore vécue. Les yeux du bébé contenaient tout – ils avaient la même forme en amande que les siens, mais, l'espace de quelques minutes où ils restèrent ouverts, elle remarqua qu'ils étaient déjà d'un marron foncé étrangement pailleté de vert. Ils étaient trop beaux. Ils exprimaient une faim insatiable. Lorsque le bébé les relevait en battant des paupières vers ceux d'Iris en train de l'allaiter, il était difficile de ne pas y plonger le regard.

Elle avait l'impression de basculer.

Chaque jour, son corps meurtri et enflé était balayé par un souffle violent qui lui refermait les yeux. La nuit, son sommeil était agité, elle s'éveillait dans l'obscurité, en nage, en quête désespérée d'air. Où était passé l'air ?

Quand elle émergeait à l'aube, le bébé était toujours là. Emmailloté, clignant des yeux.

Tout était devenu soudain immuable à en être révoltant. Aubrey, qui déboulait aux aurores, les yeux écarquillés, ne songeant qu'à l'aider, à l'instant où elle mettait son téton ruisselant dans la bouche tordue du nourrisson en pleurs. Les mains des infirmières qui manipulaient son sein comme personne ne l'avait jamais fait pour lui montrer comment écarter les lèvres de Melody, tandis que l'épais colostrum coulait sur son ventre toujours gonflé et sur la chemise d'hôpital. Les sous-vêtements post-partum à maille filet, les couches surdimensionnées et plutôt immondes qu'elle devrait peut-être porter jusqu'à la saint-glinglin. Peut-être continuerait-elle à saigner jusqu'à la saint-glinglin. À avoir mal. Sans compter l'être qui aurait besoin d'elle pour le restant de sa vie.

Au bout de trois jours, Aubrey plaça tendrement le bébé dans son siège auto avant de s'asseoir sur la banquette arrière, plutôt nerveux. Iris, encore endolorie, monta avec précaution devant, à côté de son père. Impassible, des projets plein la tête.

Son père lui lança un regard.
« Ça va ?
– Oui. Très bien.
– Tu as fait un beau bébé, tu sais ça.
– Merci. »

Il conduisait prudemment, les rues de Brooklyn défilaient l'une après l'autre. Le bébé dormait d'un sommeil de plomb.

Les semaines s'écoulèrent avec lenteur. Du jour à la nuit au jour, une suite interminable au cours de laquelle le nourrisson s'efforçait de pomper la vie primordiale des seins d'Iris, qui, installée dans le bureau de ses parents, parcourait les manuels que sa mère lui avait achetés l'été précédant son entrée au lycée. Tenant son enfant d'un bras, elle rédigeait des lettres sur l'ordinateur de ses parents avec l'autre. L'Oregon, la Californie, l'Ohio, l'État de Washington, les touches cliquetaient sous les doigts de sa main droite, les lointains États comme autant de promesses d'avenir.

La nuit, lorsque la montée de lait gonflait de nouveau ses seins et maculait ses tee-shirts, elle ignorait les pleurs de Melody pour étudier la trigonométrie et la chimie dans son lit.

Pendant qu'Aubrey dormait, le bébé sur son torse, elle lisait Shakespeare, les sœurs Brontë, Auden.

Jamais pareil désir ne l'avait habitée. Même petite, cela tombait sous le sens qu'elle ferait des études supérieures. CathyMarie avait certes attisé des braises existantes, mais la naissance de Melody – la douleur de l'accouchement, l'incroyable férocité avec laquelle le bébé s'était propulsé dans le monde – semblait avoir modifié l'ADN d'Iris. Or il n'en était rien. Comme ses yeux la brûlaient à la lueur chétive de la liseuse, elle savait que sa mère, la mère de sa mère, et d'autres femmes d'une lignée impossible à briser la motivaient. L'histoire de sa vie avait déjà été écrite. Bébé ou pas.

Elle avait raté les derniers mois de seconde et la totalité de l'été suivant. Elle n'avait pas traîné avec des potes, ni fumé d'herbe, ni dansé au rythme de la musique des DJ à Halsey Park. Avant d'être virée de Our Lady of St. Martin, elle s'endormait au milieu d'un cours d'algèbre, ne se réveillant que parce que le professeur l'interpellait.

Sans CathyMarie, elle aurait échoué dans une école d'été. Que Our Lady of St. Martin et ce genre de boîtes aillent se faire foutre. Son cerveau était embrasé, insatiable. Le lycée public était situé à deux rues de chez ses parents. Voilà où elle irait. Elle ferait un malheur. Elle partirait d'ici.

Elle était presque déjà partie.

13

La première fois que sa mère était tombée, Aubrey avait compris.

Ils marchaient sur la plage depuis des années. Le sable s'effondrait et ondulait d'une manière aléatoire sur le rivage : trous profonds creusés par des chiens, d'autres moins importants laissés par des limules et des crabes. Sa mère aux pieds clairs, veinés de bleu, avançait d'un pas assuré. Les ongles de ses orteils étaient laqués de violet, de rouge vif – une fois d'or pailleté, se souvenait-il. Oh, sa mère avait le pied sûr ! Quand il perdait l'équilibre, elle le scrutait comme si quelque chose s'était détraqué dans son cerveau. Comment un enfant sorti de son ventre pouvait-il trébucher de la sorte ? « Debout, Aubrey. Regarde où tu mets les pieds. » En revanche, elle n'avait jamais besoin de le faire. Ses pieds se fichaient fermement, sans hésitation, dans le sable. Encore et encore, ils y créaient de belles empreintes où Aubrey enfonçait ses orteils tout petits.

La première fois qu'elle était tombée alors qu'ils marchaient sur la promenade aménagée de Coney Island, il avait compris. CathyMarie s'était brutalement cogné le visage sur les planches, lequel avait gonflé lorsqu'elle avait relevé la tête. Elle l'avait aussitôt rassuré : « Je vais bien. Je vais bien. Ne fais pas d'histoires. »

Ses mains écorchées saignaient faute d'avoir arrêté sa chute. Son pantalon était déchiré aux genoux. Un petit groupe s'était rassemblé, mais sa mère s'efforçait de se relever et de le disperser. Sa gêne aussi palpable qu'une douleur.

C'était le début du printemps. S'ils avaient marché le long du rivage, la chute aurait été moins rude. Ou il n'y en aurait pas eu.

« Je vais bien, Aubrey, avait affirmé sa mère. Marche lentement à côté de moi. Accompagne-moi jusqu'à la mer. »

14

Il paraît qu'on ne se rappelle rien du début, qu'on a tout à coup six ans et ses premiers souvenirs. C'est faux. Je peux remonter jusqu'à cinq, quatre et trois ans. Jusqu'à treize, dix et six ans. Ce matin je me rappelle mes trois ans. J'ai trois ans, Iris dix-neuf. Elle fait sa valise. Assise sur les genoux de papa, je la regarde. Une chaleur poisseuse règne dans la chambre – comme s'il y avait une autre personne avec nous ou simplement un truc pesant.

Quand je m'appuie sur le torse de mon père, je sens son cœur battre. Non pas lentement comme à l'époque où je m'endormais en l'écoutant. Cette fois-là, c'est rapide, violent. Un martèlement si terrifiant dans sa poitrine que je dois écarter la tête. Iris fredonne en faisant ses bagages. De temps à autre, elle s'approche pour nous embrasser l'un et l'autre sur la joue. Je ne l'ai jamais vue aussi joyeuse.

Ce souvenir qui me revient en mémoire est étrange : mes parents plus jeunes, mon père plus mince, ma mère plus heureuse. Une peinture vert sauge profond sur les murs autour de nous, le plafond blanc. Cette pièce était différente quand j'ai eu dix ans. On l'avait transformée en chambre d'amis où couchait Iris quand elle venait – un cocon meublé d'une commode à deux tiroirs et d'un lit double avec un montant où était fixée une petite lampe. Une chambre que je devais épousseter tous les dimanches, dont je devais laver les fenêtres au changement de saison. Ce jour-là, elle était pleine à craquer, on s'y sentait à l'étroit. Les valises de ma mère, les cartons de livres, la couette et les oreillers l'encombraient. Mon père et moi assis sur un coin du lit, lui demandant ce qu'on pouvait faire pour l'aider. Je lui tendais des chaussettes, des soutiens-gorge, des tee-shirts. Je crois que la situation me dépassait.

« On va où, Iris ? On va où ? ne cessé-je de demander.

– “Où allons-nous”, Melody. On dit “où allons-nous”. Maman va à l'université pour avoir son diplôme. »

À trois ans, je ne comprends pas le mot « université ». Ni celui de « diplôme ». Ni que cela prendrait quatre ans. Quatre ans qui ne tarderaient pas à se muer en *éternité*.

« Où. Allons. Nous. Iris ? »

Et puis. Et puis. Et puis.

Il arrive que le corps élimine le souvenir. Je vois les valises de ma mère portées au rez-de-chaussée, son dos disparaître par la porte. Le cou et les épaules de papa se lèvent vers mon visage, mes sanglots, mes hurlements. Les hanches de papa sont labourées par mes coups de pied. Ses mains me serrent fort. Mon papa. Qui tient bon.

15

L'hiver où la Mercedes rouge de Slip Rock avait roulé dans Cornelia Street, viré à gauche dans Knickerbocker Avenue et était devenu un souvenir, Aubrey avait quinze ans. C'était la première fois qu'il voyait une telle voiture dans le monde réel. Tandis qu'il s'éloignait à pied de son appartement, les paroles d'Iris se bousculant toujours dans sa tête – « Tu as mis un bébé dans mon ventre » –, il avait regardé du coin de l'œil le séduisant frère à peau claire qu'il connaissait plus ou moins depuis toujours et qui, à présent, avait l'air d'assurer avec ses fringues chicos et sa belle caisse. Slip Rock avait fourré un joint dans sa bouche, levé la main vers sa casquette Kangol et fait un signe de tête à Aubrey, ses yeux noisette plissés à cause du soleil hivernal.

« Quoi de neuf, minus ?
– Quoi de neuf, Slip Rock ? »

Dix ans plus tard, Aubrey, la main de Melody dans la sienne, écoutait un ancien gangster dont le nom lui était sorti de l'esprit raconter l'assassinat de Slip Rock : « Ils lui ont tiré à l'arrière du crâne, tu sais. Comme ils font quand ils sont fous furieux. Voilà comment ils ont tué ce dégonflé. » Les dentiers du vieil homme s'étaient décrochés et ballottaient quand il parlait. Melody le dévisageait, bouche bée, yeux écarquillés. L'ancien lui fit un clin d'œil puis, baissant la voix, décrivit la façon dont l'arrière de la tête de Slip pissait le sang sur une balançoire au Knickerbocker Park, sa grosse chaîne, symbole de sa réussite, arrachée, ses yeux grands ouverts pour toujours. « Rideau », a conclu l'homme, rentrant sa lèvre inférieure pour stabiliser son dentier.

Immobile, Aubrey se rappela le signe de tête de Slip Rock, ses bonnes joues encore rondes où il n'y avait presque rien à raser. L'ancien regarda de nouveau Melody avant de boire à la bouteille cachée dans un sac en papier marron. Melody examina sa main, la bouteille qu'il portait à ses lèvres, la grimace qui succéda à la gorgée.

« C'est ta fille ? Jolie poulette. Dieu, y fait des gars sacrément moches, mais je l'ai jamais vu faire des filles moches. Bon, quand elles grandissent, c'est une autre histoire. » L'homme partit d'un petit rire, prit une nouvelle lampée et se tut.

« Pour toujours, fiston, répéta-t-il, comme s'il trouvait cela soudain poétique. Les yeux de ce garçon étaient ouverts pour toujours. »

Aubrey serra plus fort la main de Melody, se souvenant qu'à quinze ans il avait regardé Slip conduire sa voiture, tenaillé par l'envie d'être dans le coup, de faire vite du fric, de partir, avec Iris et le bébé en route, pour ne jamais revenir.

Slip Rock portait un survêtement voyant Adidas bleu roi et une casquette Kangol assortie. C'était démodé depuis environ deux ans, mais c'était normal : il sortait du centre de détention pour mineurs de Spofford où, comme chacun sait, le temps s'arrête.

Les haut-parleurs diffusaient des tubes du groupe hip-hop De La Soul, ce qui avait suffi à rameuter tous les gosses du quartier : *« Mirror, mirror on the wall. Tell me, mirror, what is wrong ? »* Aubrey, lui, était resté à une certaine distance. Il avait l'impression d'être vieux. Un peu brisé. Serrant les poings dans les poches de son pantalon, il avait senti les peluches au fond. Ça lui avait flanqué un coup de plus au moral. Des peluches au lieu d'argent. Un pantalon en gabardine usé au lieu d'un survêt. Un vieux caban au lieu d'un blouson de cuir. « Tu as mis un bébé dans mon ventre », ne cessait-il d'entendre. Un bébé grandissait à l'intérieur d'Iris. Un bébé. Il lui semblait que le monde, sens dessus dessous, lui tombait sur la tête. Le crack avait pris des vies et des télévisions, des montres, des maisons. Slip Rock roulait dans Brooklyn, salué par tous ceux qui, dévorés de jalousie, savaient que le crack avait acheté la voiture. Le crack avait rempli ses poches de thune et mis la lourde chaîne en or autour de son cou. Le crack lui avait procuré une arme et permis de louer l'appartement au-dessus de celui de sa mère, où il y avait toujours une ou deux nanas – aussi belles que celles de l'émission *Yo! MTV Raps*. Le crack avait payé sa récente coupe César, le bandana et le gel Nu Nile qu'il s'appliquait la nuit, Aubrey en était persuadé, pour obtenir les ondulations qu'il arborait sous sa casquette Kangol. Aubrey se mordilla la lèvre. Il lui suffisait de répondre à Slip par un signe de tête pour être dans le coup.

« Ça baigne pour toi ? lui avait lancé Slip. Parce que sinon j'te prends avec moi. »

Aubrey s'était senti léger dans ses baskets. Comme s'il pouvait décoller, voler jusqu'à la voiture de Slip Rock et disparaître à jamais.

Mais il avait enfoncé ses pieds dans le sol et serré davantage les poings dans ses poches : « Ouais, ça baigne. »

Le téléphone avait sonné bruyamment juste après l'aube et, comme il se mettait la tête sous l'oreiller pour bloquer le son, il avait entendu sa mère aller répondre en trébuchant, puis l'appeler en tendant le combiné. « Dis-lui de ne pas appeler chez moi si tôt. J'ai cru que quelqu'un était mort ! » Le fil n'étant pas assez long pour aller au-delà de la cuisine, il était resté planté là, trop près de sa mère, respirant un air trop chaud. « Tu as mis un bébé dans mon ventre », avait annoncé Iris. Lentement, le souffle s'était échappé de sa poitrine. Il n'y avait plus d'air nulle part. Son slip déchiré, aux élastiques bousillés autour des cuisses, s'affaissait comme lui. « Mais je croyais... avait-il balbutié. Je croyais que tu avais dit... » En son for intérieur, il hurlait. *Nom de Dieu-Nom de Dieu-Nom de Dieu-Nom de Dieu.* En son for intérieur, il criait et voyait sa vie – la fin de la seconde, la première, la terminale, le foot américain à la fac – se muer en gouffre sous ses baskets, se muer en pièce confinée, sa mère trop proche et omnisciente. « Personne n'appelle pour annoncer une bonne nouvelle si tôt le matin. » Il voyait son moi s'estomper.

Comment dix années avaient-elles filé à cette allure ?

« C'est là que tu as embrassé Iris pour la première fois ? » demanda Melody, qui lui tenait toujours la main. L'ancien était parti à présent, marchant difficilement dans la rue, s'appuyant sur les portails pour garder l'équilibre. Melody portait un manteau vert et des bottes blanches à talons minuscules. Il ignorait qui les lui avait achetées. Elles n'étaient pas de son âge. Il n'aimait pas la façon dont elles soulignaient les jambes de sa petite fille sous le collant, ni la façon dont elles la rehaussaient juste assez pour que ce soit de l'ordre d'une promesse.

« Moi, je t'ai dit ça ?

– Tu m'as dit que tu l'avais embrassée dans un parc. À quel âge on est trop jeune pour embrasser, papa ?

– Vingt et un ans. Non, vingt-deux. En fait, tu ne devrais pas embrasser un garçon comme j'ai embrassé ta mère tant que je serai de ce monde.

– Papa ! »

Il lui serra de nouveau la main en souriant. Le soleil était au-dessus d'eux à présent, chaud et brillant contre le froid. Jamais il n'aurait imaginé emmener sa fille dans son ancien quartier. Ni que celui-ci se transformerait si rapidement en un lieu où les têtes explosaient et où les vieillards trébuchaient. Ni que sa mère disparaîtrait. Et qu'Iris…

« Tu seras toujours de ce monde, papa. Sinon, ça veut dire que tu m'as abandonnée. Je ne t'abandonnerai jamais et tu ne m'abandonneras jamais. Un point, c'est tout.

– Ma parole, tu écoutes aux portes et tu répètes les conversations des grandes personnes.

– Papa, mon amie Sasha, tu sais ? Elle vit avec sa maman. Tu devrais la rencontrer, comme ça Sasha et moi on pourrait être sœurs.

– Je connais la mère de Sasha, a commenté Aubrey.

– Oui, mais pas comme ça ! »

Renversant la tête en arrière, Aubrey éclata de rire avant de baisser la tête pour regarder rire sa fille. Il n'aurait jamais cru possible d'éprouver un amour aussi profond, aussi incommensurable. Melody lâcha sa main et passa un bras autour de sa taille. Elle grandissait ; sur ses longues jambes, ses genoux saillaient comme deux petites bosses. Aubrey regrettait qu'elle ne soit pas un peu plus potelée, mais il avait été aussi maigre qu'elle. Quant à Iris, même avec son gros ventre, on aurait eu du mal à deviner, de dos, qu'elle était enceinte.

Iris.

Elle venait d'avoir vingt-cinq ans. Désormais, elle habitait l'Upper West Side, dans un appartement appartenant aux parents d'une de ses amies d'Oberlin. Un « pied-à-terre » qu'ils avaient abandonné pour vivre toute l'année en Floride.

« C'est quoi un putain de *pied-terre*, Iris ? Merde, de quoi tu parles ?

– Une résidence secondaire. » Elle lui avait jeté son regard qui disait *Comment peux-tu ne pas le savoir ?* et la honte avait éclaté dans la poitrine d'Aubrey. « Ils pensaient que leurs enfants s'y installeraient, sauf qu'ils ont tous leur appartement. Ils n'ont pas envie de le vendre au cas où des petits-enfants en auraient besoin.

– Merde, c'est pas rien, l'argent des Blancs !

– Ah ça, c'est le moins que l'on puisse dire ! »

L'appartement se trouvait au dixième étage et avait de grandes fenêtres donnant sur Central

Park. Dans la vraie vie, il valait plein de thune, lui avait précisé Iris. Les mains croisées dans le dos, il avait regardé dehors. Un groupe de femmes blanches couraient dans le parc, leurs queues-de-cheval s'échappaient des casquettes de base-ball. Posté devant la fenêtre, il les observait en se demandant pour la énième fois quand il avait perdu Iris. En se demandant pour la énième fois si elle lui avait jamais appartenu.

Iris s'occupait de Melody le samedi. De temps à autre, lorsque ça se passait bien entre elles, Melody restait une nuit supplémentaire. Mais, la plupart du temps, sa fille le bombardait de coups de fil dès sept heures du matin le dimanche, pour savoir à quelle heure il venait la chercher.

Les yeux rivés sur un banc du parc, Aubrey s'efforçait de chasser le souvenir des jambes d'Iris autour des siennes, de la langue d'Iris cherchant sa bouche. Par peur de sa réponse, il n'avait jamais osé lui demander comment elle avait appris à embrasser de la sorte. Ni qui était le premier. Il préférait ignorer certaines choses.

Une peinture murale en l'honneur de Slip Rock dominait le parc – le teint clair, le nez épaté, un grand sourire étincelant dévoilant ses dents en or. En dessous, l'artiste avait tagué un graffiti tentaculaire : « 18 avril 1975, lever du soleil – 8 février 1994, coucher du soleil. »

Slip Rock. Disparu.

Aubrey examina sa fille. Sa grand-mère lui avait fait de minuscules tresses qui rebiquaient aux pointes et tombaient juste au-dessous de ses épaules. Melody fixait le parc, les yeux plissés.

« Les dents du monsieur bougeaient. »

Aubrey sourit. Une lumière d'un orange intense s'infiltra entre les branches, oscillant si doucement au-dessus des balançoires qu'on aurait dit une caresse. Il en eut la gorge nouée.

« C'est pauvre ici, constata Melody. Là où on habite, ce n'est pas pauvre. »

Aubrey se rappela l'appartement qu'il partageait avec sa mère, le linoléum qui se décollait et révélait des lattes disloquées ainsi que les taches noires laissées par les cafards. De quoi s'agissait-il ? De chiures ? De sang ? Il n'en avait aucune idée. Sa mère avait des mains calleuses, il n'avait jamais su pourquoi. C'était lié au système. Les années passées à déménager d'un logement à l'autre dont elle refusait de parler. Pour la même raison, elle refusait de nettoyer le sol pendant la jeunesse d'Aubrey et l'unique fois où il avait proposé de le faire – après la visite d'Iris, dont le regard lui avait ouvert les yeux sur la crasse qu'il ne remarquait pas auparavant – elle lui avait rétorqué que son fils ne récurerait jamais rien. L'amertume se mêlant à la tristesse de sa voix l'avait effrayé. La première fois qu'il avait serré la main de Sabe et de Po'Boy, il avait été étonné. Il imaginait que les mains de tous les adultes étaient rêches, calleuses. Voilà que sa main dans celle de sa fille lui faisait l'effet d'être comme celle de sa mère. Des années dans un service de courrier à trier, emballer, ouvrir. Des années à aplatir des cartons, à fabriquer des classeurs, à retirer des agrafes avant de déchiqueter des documents. D'où la pointe d'asthme à cause de la poussière, sans compter les mains calleuses. Il ne voulait pas que Melody ait les mêmes mains que sa mère. Peut-être que c'était ça, la pauvreté. Ils n'étaient pas pauvres. Du moins, Melody ne l'était pas. Pour sa part, il pouvait se retrouver sans rien d'un instant à l'autre. Iris le lui avait prouvé. Elle avait franchi la porte et disparu dans un monde qu'il ne connaîtrait jamais. L'avait abandonné dans celui-ci.

« Je peux prendre un car pour venir te voir. Emmener le bébé », répétait-il, encore et encore.

Il y avait toujours une bonne raison – des examens, le froid, un retour imminent. Toujours une excuse pour le garder à distance. Du genre : « N'essaie pas de te rapprocher de cette partie de ma vie. » Du genre : « Toi, tu appartiens à Brooklyn. »

« Papa, tu sais quoi ?

– Qu'est-ce qu'il y a, Melody ?

– On a l'impression que ce quartier existait il y a très longtemps. Comme s'il appartenait au passé.

– C'est bien ça. »

Le soleil se coucha.

16

Le lendemain matin, Jam était toujours auprès d'elle. Jamais cela ne s'était prolongé ainsi, jusqu'au lever du jour. D'ordinaire, les choses se passaient à la hâte, sous tension – un désir tellement ardent que les chemisiers étaient relevés, les culottes déchirées, les jambes contractées à force d'être debout. Pour la première fois, elles s'étaient déshabillées, couchées sous les couvertures de l'étroit lit jumeau et blotties l'une contre l'autre pour se protéger de la fraîcheur persistante de l'Ohio. Se redressant, Iris regarda Jam. Ses boucles, répandues sur l'oreiller, retombaient sur ses yeux. Elle laissa courir ses doigts sur les seins de Jam, son ventre, puis dans la masse de cheveux noirs. Jam frissonna sans se réveiller pour autant. Iris se pencha pour respirer les boucles qui sentaient le vinaigre, la chaleur. La lavande aussi. Elle y enfouit son nez. L'odeur de Jam l'imprégnerait-elle à jamais ? Peut-être était-ce l'amour – désirer un être avec tous ses sens. Elle reposa sa tête sur son oreiller et ferma les yeux.

Lorsque Iris se réveilla de nouveau, la bouche de Jam était sur sa poitrine, s'approchait du téton. Elle se redressa brusquement. Au cours de leurs ébats de la nuit, elle était parvenue à éloigner les lèvres de Jam de ses seins, les ramenant sur les siennes ou entre ses jambes. Jam avait eu son petit sourire moqueur dans la semi-obscurité mais n'avait pas protesté. À présent, elles les regardaient en pleine lumière ; du lait coulait jusqu'au ventre d'Iris. Quand elle tenta de les recouvrir, Jam écarta ses mains. Quand elle plongea les yeux dans ceux d'Iris, ils contenaient une myriade de questions.

On était presque en avril. D'ici un mois, elles auraient terminé leurs derniers examens et rentreraient chez elles. Jam à la Nouvelle-Orléans ; Iris, pour la première fois depuis deux ans, à Brooklyn. Aubrey se doutait peut-être de quelque chose. Sa voix était tellement implorante à chacune de leurs conversations, empreinte d'un tel besoin d'elle que c'en était presque douloureux. Bien qu'il ait vingt et un ans, il restait fragile, naïf. Si… jeune.

« Qu'est-ce qui se passe ? Ils sont infectés ? » voulut savoir Jamison.

Elles étaient ensemble depuis environ six mois… Leur liaison cachée à Oberlin, à Brooklyn et en Louisiane. Le secret recélait une véritable puissance, estimait Iris. Elle était terrifiée à l'idée qu'elles soient découvertes et que cela mette un terme à cette sensation, ce désir insatiable.

Mais ce n'était pas tout. Peu à peu, elle tombait amoureuse du mouvement des jambes de Jam quand elle marchait. De la chaleur qui l'irradiait quand Jam glissait les mains dans les poches arrière de son jean. Amoureuse même du jean – slim, taille basse, alors que tout le monde privilégiait le pantalon à taille haute et à plis. Elle était passée un jour devant une salle de classe pour apercevoir Jam, les bras sur le dossier de sa chaise, un cure-dent dans sa bouche étirée en un sourire narquois. Pendant l'heure suivante, Iris s'était demandé de qui se moquait Jam. Lorsqu'elles s'étaient retrouvées ce soir-là, Iris n'avait pas eu le courage de l'interroger. Ne serait-ce qu'aborder le sujet lui semblait absurde. Il n'empêche que les regards que d'autres étudiantes lançaient à Jam la perturbaient. Elle n'avait aucune envie que les yeux de Jam se posent sur d'autres qu'elle. Si Jamison riait avec d'autres filles, Iris avait l'impression de la perdre. Quand, dans son lit, elle imaginait la bouche d'une autre sur celle de Jamison, elle devait respirer lentement pour se calmer. Elle se sentait écorchée vive – comme si quelque chose se brisait en elle et saignait. Iris voulait que sa liaison avec Jam dure. Elle les voyait déjà vieillir ensemble – Jam, le bras autour de sa taille dans l'obscurité. Une succession de journées au lit. Où ? Elle n'en savait rien. Cela n'avait aucune importance. Du moins dans l'immédiat. Pas encore. Elle n'était ni gay, ni lesbienne, ni homosexuelle, ni quoi que ce soit. Iris ne désirait que Jam – sa douceur, son rire. Sa façon de porter une cigarette aux lèvres d'Iris et de la tenir le temps qu'elle tire une bouffée. De l'observer exhaler la fumée, puis de se pencher pour l'embrasser, les yeux toujours mi-clos comme si elle venait de baiser et continuait d'y penser. Elle était amoureuse de Jam et le serait toujours. Un désir impudique, décapant, tellement inédit qu'elle en souffrait, tant il lui paraissait fragile – comme si Jam pouvait se réduire en poussière entre ses mains. S'en aller.

Le premier baiser de Jam l'avait déséquilibrée pendant des jours. C'était un samedi. Elles fumaient des roulées devant la résidence de Jam et observaient les étudiantes blanches en polo qui, serrées les unes contre les autres, fumaient de l'herbe et écoutaient, visages baissés, Boy George. « *Clowns caress you. Figures undress your fear* »... Jam, elle, renversait la tête en arrière et souriait. La courbe de sa gorge prit Iris au dépourvu. Elles avaient fini leur joint plus tôt, se l'échangeant en douce jusqu'à ce qu'il n'en subsiste que le mégot brûlant entre les doigts d'Iris. L'herbe lui avait manqué or, à Oberlin, même l'étudiant le plus naze semblait en avoir. De la bonne par-dessus le marché, contrairement à ce qu'elle imaginait. Les yeux rivés sur la gorge de Jam, Iris se voyait l'effleurer de ses lèvres ; elle éclata d'un rire qu'elle mit sur le compte de l'herbe.

Consciente de son regard, Jam lui proposa : « Je voudrais te montrer quelque chose dans ma chambre. »

Elle la partageait avec une fille timide, originaire du Maine, qui passait le plus clair de son temps à la bibliothèque. Iris ne l'avait aperçue qu'une fois, mais elle ne fut pas étonnée par la horde de peluches aux couleurs pastel disposées autour de l'oreiller sur son lit fait au carré, ni par le poster encadré de Fleetwood Mac accroché au mur.

Du côté de Jam, c'était plutôt lit en pagaille et posters d'Assata Shakur et de Huey Newton. Une rangée de Puma bien entretenues s'alignait sur le sol le long de son mur – noir sur blanc, or sur bleu, rouge sur noir –, ça n'en finissait pas. Au bout, il y avait une paire de Timberland. Malgré la débauche de baskets Puma, Jam portait surtout des Timb d'un sex-appeal très étonnant.

C'était d'un surréalisme qui fit glousser Iris.

« Tu planes toujours ? » lança Jam, qui avait fermé la porte sans la quitter des yeux. Elles se tenaient assez près dans la minuscule pièce pour se toucher ; avant qu'Iris n'ait le temps de mentir et de refuser, Jam l'embrassait, pressait avec force sa bouche sur celle d'Iris, sa langue à la fois insistante et douce.

J'embrasse une femme, se répétait Iris. *J'embrasse Jamison* !

Elle avait laissé Jamison explorer son corps avec ses mains, mais elle les écarta dès qu'elle voulut toucher ses seins qui suintaient déjà dans son soutien-gorge.

« C'est du lait », murmura-t-elle à présent, tandis que Jam la dévisageait. Iris avait remonté les couvertures, elle sentit le lait s'écouler sur le drap. Soudain effrayée, incapable de croiser le regard de Jam, elle regarda par la fenêtre, au-dessus de sa tête.

Pendant presque trois ans, elle avait allaité Melody. Non par devoir – elle savait qu'après un an l'enfant avait reçu tout qu'il lui fallait de son lait. Non, elle avait continué à plaquer sur sa poitrine d'abord le nourrisson, puis le bébé qui rampait et, enfin, la petite fille parce qu'elle avait toujours du lait et que Melody en avait toujours envie. Elle l'allaitait faute d'éprouver une profonde connexion avec son bébé. Aussi lui donnait-elle ce qu'elle avait : son corps. Une part physique d'elle-même, plongeant les yeux dans ceux de son enfant ou dans les pages d'un manuel, ou les levant vers la fenêtre, alors que Melody, sur ses genoux, ne cessait de téter.

« Quand est-ce que je vais les récupérer ? » la taquinait Aubrey en les contemplant. Elle souriait au lieu de répondre : « Jamais. Pas maintenant. Plus jamais. »

Iris croyait que le lait se tarirait quand elle cesserait d'allaiter : ses seins retrouveraient une taille normale, elle passerait à autre chose. Mais la première fois que Jam l'avait embrassée, son chemisier était devenu humide, elle avait repéré les cercles sombres habituels et fini par traverser le campus, les livres collés sur son buste. Comme elle le faisait à douze ans lorsque sa poitrine commençait à se développer et qu'une bande de gamins immatures la suivait en criant : « Hé, Nichons, montre-nous comment ça pousse. »

« Melody, expliqua Iris, désignant les photos de sa fille coincées dans l'encadrement du miroir. C'est ma fille, pas ma sœur. »

Jam l'observa longuement, lança un coup d'œil au miroir avant de se rallonger, de cogner doucement sa tête sur le mur et de constater après un long silence : « Donc, tu as menti. »

S'il s'était agi d'Aubrey, elle aurait noyé le poisson, aurait trouvé une porte de sortie, lui aurait retourné la question jusqu'à ce qu'il mette en doute ce qu'il savait depuis toujours. Sauf que ce n'était pas Aubrey. Jam était tellement différente, tellement réaliste, tellement équilibrée. Fille unique d'un couple de professeurs d'université athées, elle lisait Audre Lorde, James Baldwin et Nella Larsen. Elle se déclarait lesbienne, avait un piercing au téton et soumettait les professeurs blancs à des interrogatoires. Elle avait une intelligence généreuse, un esprit vif et une réponse aux questions, quelles qu'elles soient, qui se présentaient à elle. Assise dans son lit avec elle, Iris se demanda s'il lui était arrivé de mentir. Probablement pas. Jam lâchait à tout bout de champ « J'emmerde ce monde. Ne suis-je pas une femme ? » Des mois s'écouleraient avant qu'Iris ne découvre les écrits de Sojourner Truth[1]. Elle avait d'abord attribué la formule « Ne suis-je pas une femme ? » à son amie. Jam voulait même que tout le monde soit au courant de leur relation : « J'emmerde la fac, ça m'est égal que les gens sachent ce qu'on fait. » C'était Iris qui tenait à ce que ce soit un secret bien gardé. Que cela reste entre elles.

Iris se tourna vers Jam, consciente tout à coup du tissu de mensonges qu'elle avait apporté à Oberlin. Le lait s'écoulant de ses seins n'était que le premier. Il y avait l'homme à la maison. L'école dont on l'avait virée. Le bébé qu'elle avait abandonné. La mère qui l'avait battue en pleurant à chaudes larmes…

« Oui, j'ai menti, reconnut-elle. J'ai eu un enfant à quinze ans. C'est elle. » Elle montra le

1. Abolitionniste noire américaine née de parents esclaves.

miroir. Melody à un an, deux, trois, quatre, cinq ans. S'appropriant chaque année un trait d'Iris – yeux, lèvres, nez, sourire.

« N'empêche que tu me baises ici ? » Jamison s'appuya sur un coude. « Il y a un truc que je ne capte pas. » Iris entendit des étudiants marcher dans le couloir.

« Tu me plais », se justifia Iris, toujours incapable de la regarder. Quand elle baissa les yeux sur ses mains, elle s'aperçut qu'elle serrait le drap et la couverture avec une telle force que ses jointures viraient au rouge foncé.

En fait, elle avait surtout peur d'avouer : « Je suis amoureuse de toi. Je veux être avec toi. » Pendant presque deux ans à Oberlin, elle s'était sentie beaucoup plus âgée que les autres étudiants. Avec Jamison, en revanche, elle avait soudain l'impression d'être une enfant. Muette et paumée.

« Voyons, Iris, lança Jam. Tu as un bébé. Tu as un mec ? » Elle s'était assise sur un côté du lit et regardait Iris par-dessus son épaule. « Parce que je suis sûre que tu n'as pas essayé l'insémination artificielle à quinze ans.

– Le père vit avec mes parents.

– En d'autres termes avec toi.

– Je vis ici.

– Mais tu rentres chez toi. » Jamison, qui avait remis un boxer blanc, enfilait son jean. Une fois la braguette boutonnée, elle se rassit sur le lit, torse nu. Iris eut envie de toucher son dos. Large, brun foncé, superbe. Combien d'autres femmes l'avaient caressé, mordu, y avaient appuyé la joue ? Elle ne voulait pas le savoir.

Le lait avait cessé de couler. Il lui faudrait laver les draps. La seule fois où elle l'avait goûté, sa saveur sucrée l'avait étonnée ; elle en avait pressé sur un doigt pour qu'Aubrey se fasse une idée.

« Puis-je en prendre à la source ? avait-il demandé.
– Non. »

Voilà ce qu'elle voulait dire à Jam : elle n'avait pas couché avec lui plus d'une dizaine de fois depuis la naissance de Melody. Elle n'était pas amoureuse lui. Si elles n'étaient pas obligées d'employer des mots tels que *gay*, *lesbienne*, *homosexuelle* ou *gouine*, elles pourraient être ensemble. Si elles ne le criaient pas sur les toits, peut-être que ça marcherait.

Jamison remettait son chemisier en flanelle. Il lui arrivait à peine à la taille si bien que, lorsqu'elle se pencha pour nouer ses Timberland, un sillon de dos brun nargua Iris.

Une fois rhabillée, Jamison s'approcha de la glace et examina longuement les photos.

« Elle est magnifique », commenta-t-elle. Retournant près du lit, elle embrassa doucement Iris sur le front. Et sortit.

17

La maison est redevenue silencieuse ; les confettis ont été aspirés ; Iris est rentrée chez elle ; les adultes qui habitent ici cuvent.

Un connard bourré a renversé du vin rouge sur un côté de ma robe, je ne le remarque que maintenant. Sur mon lit, Malcolm, sourire aux lèvres, plane. Moi, je pense : *Peut-être que nous y arriverons, cette fois.*

« Salut, lance-t-il.

– Salut, toi.

– Lou était complètement pété. Ce mec ne tient vraiment pas l'alcool, c'est dingue. »

Malcolm emploie ce genre de mots. *Mec*, *cool.*

« Il biberonnait la vodka à fond. »

Je me rapproche, lui présente mon dos pour qu'il défasse ma fermeture Éclair.

« C'est quoi cette fringue néocolonialiste que tu portes là-dessous, ma belle ?
– Néovictorienne plutôt. Une guêpière. Quelque chose d'ancien, tu vois. Comme le mariage mais ça n'a pas été transmis de la même façon. »

Malcolm rigole : « Ta famille est d'un bourge ! Je sais que c'est la énième fois que je le dis, n'empêche. Merde. Aujourd'hui. Ce soir. Tout le toutim. » Il dessine des cercles démesurés dans l'air en secouant la tête. Il est gay jusqu'au bout des ongles, je le sais. Ceux qui ont des yeux et moins de vingt et un an, hétéro ou homo, le savent. Ce sont les adultes qui sont incapables d'admettre ce qu'ils refusent de voir.

« Et le vieil enfoiré de l'église de ta grand-mère qui dansait avec sa femme tout en essayant de me draguer. Qui voulait que je le "retrouve dans la voiture". Comme si on n'était pas à Brooklyn. Comme si on allait se garer dans une rue sombre. Comme si j'avais envie de sucer sa vilaine bite toute ridée.

Quand je sors mes seins du corset, Malcolm écarquille les yeux.

« Eh bien, ces nanas sont genre *enfin libérées, merci, nom de Dieu* ! Viens ici. »

J'enfile un des vieux tee-shirts de mon père – gris avec Oberlin College imprimé en lettres rouges. Le premier et le seul qu'Iris lui ait rapporté ; il m'arrive aux cuisses.

Après avoir noué un foulard autour de mes cheveux, je rejoins Malcolm dans le lit, lui tourne le dos et le laisse m'enlacer.

Il entoure mes seins de ses mains, soupire : « Dans un monde idéal, ils seraient à moi. »

La seule fois où je l'ai vu pleurer, c'est quand on a tenté de faire plus que se caresser. « J'ai tellement envie d'avoir envie de toi », avait-il murmuré. Nous étions ensemble depuis presque un an, Malcolm passait son bras autour de mon épaule lorsque nous marchions sur le campus, me tenait la main lorsque nous allions au cinéma avec des copains le week-end. Nous avions beau savoir tous les deux ce qu'il en était. N'empêche.

« Malc, tu crois que ça m'arrivera un jour. Le truc sexuel.

– Merde, Melody. Bordel de merde, oui et mille fois oui. Putain, t'es trop belle... j'veux dire, depuis qu'on est petits, je rêve d'être toi. Je voulais avoir tes cheveux, ton cul, tes lèvres, tes yeux, et maintenant... non mais regarde ta parfaite paire de nichons ! ta parfaite taille de guêpe et... » Il posa un baiser délicat sur le dos d'une de mes mains. «... j'enviais même tes mains parfaites. Les Blancs ne te voient pas et les frères sont que des imbéciles, mais tu l'auras, ta baise. Fais-moi confiance. »

Me retournant vers lui, j'enfouis ma tête dans son torse. J'entends son cœur battre sur mon front. Je sens l'eau de toilette Polo, il ne jure que par elle.

« Et toi, mec ? Qu'en est-il de ton pucelage ?

Il inspire profondément. Il répond non sans lassitude :

« Le sexe, c'est simple pour un pédé, ma belle. Ce que je cherche, c'est l'amour. *Bring on the love*.

– Ouais, dis-je en bâillant. L'amour.

– Melody, aujourd'hui on t'a présentée à la société, reprend-il d'une voix ensommeillée.

Mince, ça me plaît que les gens croient que le monde est ne serait-ce qu'à moitié prêt pour ce qu'on va déclencher. »

18

Cet après-midi, je suis assise et je pense à un poème de... Dunbar[1], je crois. Je n'en suis plus certaine. Tôt ou tard, l'âge vous fait ça. À peine quelque chose vous vient en tête qu'on vous le pique. Du coup, on oublie ce qu'on voulait se rappeler. Et les souvenirs qu'on essaie vraiment d'effacer reviennent. Cet après-midi, Po'Boy et Aubrey me manquent énormément.

Le poème commence par : « *Dey had a gread big pahty down to Tom's de othah night*[2]. » Y penser suffit à me faire sourire. La façon dont le poète joue avec tous ces mots – c'est pas la bonne orthographe mais ça a du sens à l'oreille. Je le savais par cœur, ce poème. Ma maman me

1. Paul Laurence Dunbar (1872-1906), premier écrivain afro-américain à obtenir une renommée internationale. Il écrivait en anglais vernaculaire afro-américain.
2. « Ils ont donné une grande fête l'autre soir chez Tom. »

demandait de le réciter devant des amis. De le déclamer. J'aurais voulu qu'Iris et Aubrey l'apprennent à Melody, mais, d'après eux, si elle récitait quelque chose, ce serait une chanson rap et ça ne plaisait à aucun de nous. On était alors tombés d'accord pour qu'ils aillent à l'école de danse pour apprendre le *cake-walk* et quelques autres danses qu'ils avaient exécutées ce soir-là.

J'aime me rappeler ce qui est agréable.

La mémoire te ramène où t'étais et t'y laisse juste quelque temps. Cela fait cinq ans jour pour jour qu'Aubrey est mort. Il était comme un fils pour moi à ce moment-là.

« *Was I dah ? You bet ! I nevah in my life see sich a sight*[1]. »

C'était Dunbar. J'en suis sûre maintenant. Paul Laurence Dunbar. Je m'appelle Sabe Ella Franklin et j'aimerais réciter *The Party* de Paul Laurence Dunbar.

Après que le cancer avait pris la maman d'Aubrey à toute vitesse, on se doutait que

1. « Est-ce que j'étais là ? Et comment ! Je n'ai jamais rien vu de pareil. »

Po'Boy serait le prochain, vu l'attaque juste aussi atroce et rapide de la maladie sur lui. Le pauvre, qu'est-ce qu'il a souffert les derniers jours. Je n'arrive même pas à… En fait, je voulais l'aider à partir. La maison aménagée en hôpital avec son lit ici, dans notre séjour, parce qu'il voulait de la lumière. « C'est la seule chose que je te demande, Sabe. Installe-moi là où il y a le plus de lumière. » Alors on l'a mis ici. Parfois, quand je descendais le matin, il la contemplait en pleurant. « Ça fait tellement mal, Sabe. Tellement mal. » Ces jours-là, j'avais envie de réduire en poudre son médicament antidouleur, de le mélanger à du jus d'orange, de l'aider à sombrer dans un profond sommeil, à enfin partir d'ici. Mais je ne pouvais pas. Melody n'était pas prête. Iris non plus. Apparemment, j'étais la seule à l'être. Je connaissais tout le Po'Boy que ce monde m'avait permis de connaître. L'homme dans le lit d'hôpital n'était que la souffrance incarnée. Rien que l'ombre de mon Po'Boy. Ça me déchirait à l'intérieur. Puis il me disait : « Lis pour moi, Sabe. J'ai juste envie d'entendre ta voix. Lis-moi du Dunbar. »

Moi, je vous le dis, la poésie de Dunbar avait quelque chose qui nous faisait rire, encore et encore. Des Noirs qui essayaient d'être très convenables, parler comme des Blancs et tout et tout. Je faisais rire Po'Boy quand je lisais les poèmes de Dunbar exactement comme cet homme aurait voulu que je le lise. Et Po'Boy s'exclamait : « Vous voyez comment elle s'en sort, ma Sabe, avec ces poèmes. Plus douée qu'elle, il y a personne ! » Tous les deux, on adorait la manière d'écrire de Dunbar. En fait, il disait : « Est-ce qu'on peut simplement être qui on est ? Est-ce qu'on peut simplement enlever nos masques et rire, danser, manger, parler ? » N'empêche qu'il a le culot de s'appeler Paul Laurence Dunbar… comme s'il fallait le prononcer le petit doigt en l'air. Hum. Notre peuple n'en finissait pas de nous étonner Po'Boy et moi.

Mon Dieu, Po'Boy me manque ! Il me manque tellement, mon Dieu !

Le jour de ma cérémonie, je venais d'avoir dix-sept ans : c'est comme ça qu'on faisait quelquefois. Seize, dix-sept, dix-huit ans. Il y a des gens qui attendent vingt et un ans mais, à cause de la grossesse d'Iris, je crois que j'étais nerveuse et, dès la naissance de Melody, j'ai dit à Po'Boy qu'on organiserait la sienne le plus tôt possible. Sauf que j'aurais dû prévoir que Melody ne serait pas comme les autres. J'aurais dû prévoir que le bon sens saute parfois une génération.

Pour la mienne, je portais une robe blanche. On portait toujours du blanc. Melody a bien essayé de mettre du bleu, mais je le lui ai interdit. Ma robe arrivait au-dessous du genou. Maman avait acheté mes chaussures blanches chez Orbach, à l'époque où ce grand magasin existait encore. C'était pas rien d'y entrer, et qu'un vendeur t'installe sur un siège et prenne ton pied dans sa main. On s'occupait de toi. Il levait ton pied jusqu'à une espèce de tabouret incliné qu'il déplaçait ensuite pour poser ton pied dessus. T'avais l'impression d'être spéciale. Après quoi, on t'apportait plusieurs pointures des chaussures que t'avais choisies. Ces personnes, elles prenaient vraiment leur boulot au sérieux. Comme si aucun travail au monde n'était aussi important que s'occuper des gens toute la sainte journée. Pour sûr, tu sortais de là avec une paire de chaussures qui t'allait parfaitement. T'avais pas à t'inquiéter d'avoir des ampoules ou des talons abîmés. Rien de tout ça.

Au bout de deux heures, Melody s'est plainte d'avoir mal aux pieds. Aubrey et Po'Boy lui ont évidemment permis de se déchausser. Alors, tous les ados de la salle l'ont imitée et ont dansé leur cha-cha-cha pieds nus. Ils en avaient marre du *cake-walk*, du *lindy*[1] et de la valse qu'on leur avait demandé de faire. Ils avaient renoncé à être convenables pour juste... juste danser comme on danse aujourd'hui.

Mais qu'ils étaient beaux sur la piste avant de commencer tout ça !

Regardez comme le soleil l'illumine maintenant. Tout cet or sur le pin jaunissant et moi à la fenêtre – une vieille dame qui se souvient.

« Ike il a trouvé une chaise et lui a demandé avec un sourire : "T'as pas envie de t'asseoir ?"

Elle a répondu en s'inclinant : "Oh, m'est avis que ça vaut pas la peine."

C'était juste pour se la jouer, m'est avis, paqu'elle s'est assise[2]... »

Qu'est-ce que les grandes personnes ont applaudi quand j'ai terminé de déclamer ! Ma maman et mon papa juste au premier rang. Fiers. Tellement fiers. Ça me plaît bien de repenser à maman. Ses belles mains jointes sous son menton. Une telle joie dans ses yeux. Derrière cette

1. Le *lindy hop*, appelé également « danse de la libération », s'est développé chez les Afro-Américains dans les années 1920.
2. Paul Laurence Dunbar, *The Party*.

joie une telle tristesse. Je me rappelle l'avoir regardée en faisant ma révérence et remarqué qu'ils étaient presque humides. Et qu'elle s'était dépêchée de secouer la tête comme pour me dire « Je vais bien ». Comme pour me dire « N'en fais pas toute une histoire sinon je te botterai les fesses ».

Seigneur, je suis fatiguée.

Tant de gens me manquent alors que je suis assise ici. Explique-moi, Seigneur, pourquoi tu me laisses ici. J'ai l'impression d'avoir vécu longtemps, si longtemps. C'est le moment de me rappeler à Toi.

Je passe mes journées à guetter des signes. Aujourd'hui, c'est la lumière qui danse sur le sol. L'écureuil qui détale en grimpant sur un arbre, un bout de pain dans la bouche. Le cardinal sur le rebord de la fenêtre. La voiture bleu roi que conduit un homme à la peau très noire. Melody qui, au retour de l'école, me lance : « Grand-maman, tu n'as pas bougé de la journée ? Laisse-moi au moins t'emmener prendre une glace. » Nous voilà sur un banc du parc en ce début de soirée. Assises, en train de lécher la glace. Assises, en train de lécher.

De sa place au ciel, Po'Boy me conseille de tenir bon. De rester encore un peu. Jusqu'à ce que Melody et Iris puissent se comprendre.

Je fais des efforts même si je suis vieille. Dans l'espoir que lorsque j'arriverai aux portes du paradis, Dieu parcourra Son Livre et déclarera : « Tu as fait ce qu'il fallait, Sabe. Rentre à la maison maintenant. Rentre à la maison. »

19

Je me souviens de m'être frayée un chemin dans la lumière. Dans la peur d'Iris. Dans l'intensité du regard de ma grand-mère. Je me souviens de mains sur moi. Si nombreuses. Je me souviens qu'on m'emmaillotait dans quelque chose de chaud. Je me souviens qu'on me coupait quelque chose, qu'on enlevait quelque chose de mon visage, qu'on me frottait un truc gras dans les yeux.

« Un bout de membrane amniotique, m'expliquera ma grand-mère des années plus tard. Sur ton front et ton œil gauche. L'infirmière l'a arraché et gardé, je te le jure. »

Je me souviens de l'instant où ils m'ont mise à son sein, je m'y suis agrippé avec une telle force que ses yeux se sont emplis de crainte. De ma faim dévorante. Pour elle. Elle. Elle.

20

Après le départ de Jamison, j'ai cru que j'allais mourir sur place. Personne ne m'avait appris à sortir du lit et à m'accrocher. Les premiers jours, je chancelais à chaque tentative, comme submergée par une vague de vertige. Inspirer était une douleur : l'odeur de Jamison était encore en moi. Personne ne m'avait appris à me nourrir. À avaler. De sorte que je restais couchée – du lever du jour à la tombée de la nuit – et entendais les étudiants vaquer à leurs occupations. Je les écoutais rire. S'appeler. Se doucher. J'entendais le claquement de tongs dans les couloirs. J'entendais : « Salut, quoi de neuf ? » et « Dis donc, Byron, tu l'as passé, cet exam ? Montre au frère que tu as des réponses, mec. » Ou encore : « Oh là là là, on m'a raconté quelque chose sur toi hier soir, ma fille ! – Quoi ? De quoi tu parles ? Qui a dit des bobards sur moi ? » Ou : « Faut qu'on crée un chapitre de l'association Delta Sigma Theta ici. Comment ils refusent d'intégrer des Grecques noires. » J'entendais : « Vérifie », puis, tard dans la nuit, du rap free-style.

Le parfum de Jamison s'est peu à peu mué en puanteur sur mon corps. Lorsque j'ai fini par me lever, ce n'était pas vraiment par envie de vivre. C'était pour me laver et manger, téléphoner chez moi et entendre une voix. Quelqu'un qui m'aimait au bout du fil.

« Salut, maman, c'est Iris.

– Bonjour, mon bébé. Comment tu vas ? On parlait à l'instant de toi avec Po'Boy. Puis le téléphone a sonné et te voilà.

– Est-ce que je peux parler à Melody, maman ? »

Quelques jours plus tard, j'ai vu Jam : allongée sur la pelouse, sa tête auréolée de boucles. Une fille que je ne connaissais pas était assise en tailleur à côté d'elle. La fille décrivait de petits cercles sur le ventre de Jam. Elles riaient. Je les ai regardées jusqu'à ce que Jam lève les yeux, les pose sur moi, me sourit.

« Salut, Jam.

– Salut, toi. Ça fait un bail.

– Oui.

– Tout va bien entre nous ?

– Tout va bien. »

Si Aubrey m'avait posé la question, je lui aurais dit qu'il y en avait eu pas mal avant lui. Le premier, j'avais treize ans. Un garçon pâle comme un linge, à la coupe afro impeccable, aux cils interminables. Je croyais qu'on était amoureux. On l'avait fait pour la première fois dans sa chambre pendant que sa mère regardait la télé un étage en dessous. Au sein du silence, comme je m'agrippais à l'oreiller pour m'empêcher de crier de douleur, j'avais entendu la formule « D'après l'enquête... », répétée à maintes et maintes reprises. Suivie par des applaudissements. Ce garçon et moi, nous ne sortions pas ensemble. Nous n'avions employé aucun mot pour décrire ce que nous faisions. Aussi, lorsque je l'avais aperçu une semaine plus tard le bras autour des épaules d'une jolie Portoricaine, j'avais prétexté une grippe pour me terrer des jours et des jours dans ma chambre. Avec les garçons suivants, j'avais vite appris à ne pas en tomber amoureuse, à aimer la sensation d'eux en moi, la saveur de leur bouche, leur façon de me serrer contre eux. Rien de plus.

Comme ça, tout allait bien entre nous. Comme ça, tout allait bien pour moi.

« Super. Je sèche ce cours, a repris Jam. Voilà pourquoi tu ne m'as pas vue. C'était de la merde. À bientôt, en tout cas. »

S'allongeant de nouveau sur le dos, elle a tranquillement recommencé à parler avec la fille. La fin de l'année universitaire approchait. J'avais acheté un tee-shirt gris d'Oberlin pour Aubrey et un autre, minuscule, avec l'inscription « Future étudiante ». Ils étaient pliés dans un sac. J'avais oublié que je le tenais à la main jusqu'à ce je le lâche et entende le bruit sourd qu'il fit en tombant par terre.

21

Au petit matin, Melody et Iris sont seules dans la grande maison. Iris est assise dans le rocking-chair de sa mère, Melody par terre, à ses pieds. À la toute fin, Sabe parlait de feu et d'or. De feu et d'or.

Il y avait eu une veillée. Des obsèques. Des poignées de terre jetées sur le cercueil de Sabe – « Tu es poussière et tu retourneras en poussière, et nous te verrons dans l'au-delà » –, à mesure qu'ils la descendaient pour qu'elle rejoigne Aubrey et Po'Boy.

Ensuite un repas.

L'emballage des vêtements, du linge, des manteaux. Les chaussures de Sabe soigneusement rangées dans des cartons destinés à l'œuvre de bienfaisance Goodwill. Son unique perruque qu'elle portait à l'office de Pâques. Ses gants en chevreau noir, bleu, vert foncé. Les colliers de perles et d'or pour Melody. L'alliance à présent au doigt d'Iris. Le bracelet en diamant que Po'Boy attachait autour de son poignet les rares fois où ils se rendaient au théâtre. Toujours pour les pièces d'August Wilson. Sauf la fois, il y a des années de cela, où c'était pour une création de l'église : « Pour les filles de couleur qui ont envisagé le suicide / alors que l'arc-en-ciel suffit amplement[1]. » D'où Sabe était rentrée en larmes. « C'est qu'elle sait raconter une histoire, cette femme », avait-elle commenté avant de se verser un petit verre de cognac, de renverser sa tête en arrière pour le boire et de monter lentement l'escalier pour aller se coucher.

C'était le début du mois d'août.

« Prête ? demande Iris.
– Oui, je suis née prête », répond Melody.

Il y avait eu une vie, une famille, un nouveau bébé, un foyer. Il y avait eu un véritable défilé après Jamison, après le premier garçon, après

1. Pièce de Ntozake Shange, poète et dramaturge afro-américaine.

Aubrey. *Oh Aubrey, Aubrey, comme je regrette*, pense Iris.

Il y avait eu le soir, à peine quelques semaines après leur première fois où, tournant au coin de l'avenue Knickerbocker, elle avait aperçu Aubrey collé à une fille qu'elle ne connaissait pas. Ses mains sous son tee-shirt, caressant ses seins dans l'obscurité. Il avait pleuré, elle lui avait pardonné. C'était il y a longtemps, très longtemps. *Oh, Aubrey, putain, je suis vraiment désolée*, se dit-elle. *Si seulement on avait su.*

Le feu et l'or et Aubrey redevenu poussière. Les affiches qu'ils avaient placardées pendant des semaines. « Avez-vous vu cet homme ? » Tellement d'affiches. Tellement de personnes précipitées dans l'histoire. Peut-être avait-il survécu ? Lorsque le premier avion s'était écrasé, peut-être… *Oh, Aubrey.*

À peine avait-elle vu la fumée ce matin-là qu'Iris avait allumé la radio et écouté. Puis, prenant ses jambes à son cou, hurlant, elle avait parcouru soixante pâtés de maisons depuis son appartement de l'Upper West Side, le long de Broadway, la gorge en feu, le cœur comme près de s'arrêter. Mais il avait continué de battre. Elle avait couru jusqu'à ne plus rien voir.

Jusqu'à être couverte de fumée, de poussière, de cendres. Jusqu'à ce que les policiers lui barrent la route – et elle s'était écroulée – à l'angle de la 13e Rue et de Broadway. Autour d'elle, des gens criaient, couraient, s'effondraient. Une molécule d'ADN enfouie au plus profond d'elle-même s'était dilatée au souvenir des histoires de Tulsa que racontait sa mère. Elle les avait senties. Sabe les avait senties. Elle était sûre que sa fille qui regardait la télévision dans sa salle de classe les avait aussi senties : les braises de Tulsa incendiée.

La pluie tombe à verse, ruisselle sur le trottoir, cascade du panneau « À vendre », fixé au poteau devant les marches. La maison est presque vide hormis le rocking-chair et les caisses frappées de l'inscription « Fragile » qu'Iris va emporter dans son appartement de l'Upper West Side. Les valises, la literie et le poster de Prince de Melody sont déjà dans la voiture. Le trajet jusqu'à Oberlin dure un peu moins de huit heures.

Iris tourne les yeux vers la fenêtre et se souvient de sa mère sortant d'un taxi avec un sac qui semblait rempli de briques. Se souvient d'elle-même, enceinte à quinze ans, en train de regarder par la fenêtre, des coups de marteau au cœur de la nuit, de sa mère interpellant Po'Boy pour s'assurer que « tout était vraiment bien scellé ».

« Bon, allons-y », dit Iris. Elle a l'impression d'être vide. Sans entraves. Elle ne s'attendait pas à ce que la liberté lui fasse ressentir cela.

Elle s'approche de l'escalier, introduit le pied-de-biche sous les lames du parquet, attend que sa fille se serve du marteau. Quand elle regarde Melody, elle se voit dans sa fille pour la première fois depuis longtemps. Cette façon de relever la tête. De se pencher vers elle, comme une coureuse sur la ligne de départ. Prête.

« Même s'il n'y a rien, tu sais que tout ira bien, d'accord ? lance Iris.
– Tout va toujours bien pour moi, Iris. »

Melody lève le marteau. Les coups pleuvent. Elle n'a pas beaucoup de temps. Malcolm part pour Stanford ; il y a une fête pour lui dire au revoir ce soir en ville. Ses amis l'attendent dehors. Elle lève le marteau, le laisse de nouveau tomber.

Soudain le voici, au milieu d'éclats de pin et de poussière de plâtre. Derrière la tristesse des yeux de sa mère. Derrière le chahut de ses copains qui klaxonnent et l'appellent. Dans la maison désertée par tous sauf par elles, le voici. Brillant de mille feux.

REMERCIEMENTS

Je remercie :

– les vivants : Juliet & Toshi & Jana & Melanie & Sarah & Jynne & Claire & Deb & Dean & Donald & Nancy & Kathleen & Linda & Jane & The Family Dinner Crew & Odella & Hope & Roman & Cass & Tayari & Janice & Marley & Gayle & Maria & Kwame & Jason & Chris.

– les ancêtres : Georgiana & Mary Ann & Robert & Kay & Odell & Alvin & Anne & Gunnar & Robin & David & Veronica & Hope & Grace.

– l'avenir : tous les jeunes qui sont le passé & la promesse & la lumière.

Que le cercle ne soit pas rompu.

Cet ouvrage a été composé
par PCA à Rezé (Loire-Atlantique)
et achevé d'imprimer en février 2021
par Grafica Veneta, Trebaseleghe
pour le compte des Éditions Stock
21, rue du Montparnasse, 75006 Paris

PAPIER À BASE DE FIBRES CERTIFIÉES

Stock s'engage pour l'environnement en réduisant l'empreinte carbone de ses livres. Celle de cet exemplaire est de :
850 g éq. CO_2
Rendez-vous sur www.editions-stock-durable.fr

Dépôt légal : mars 2021
N° d'édition : 01
41-08-9999/7